話解易經

（下經）

劉瀚平 著

五南圖書出版公司 印行

話解易經（下經）

目錄

■咸——1
■恆——11
■遯——21
■大壯——33
■晉——45
■明夷——55
■家人——65
■睽——75
■蹇——85
■解——95
■損——105
■益——115
■夬——125

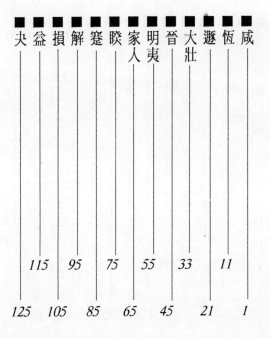

■姤 135
■萃 145
■升 157
■困 169
■井 181
■革 193
■鼎 203
■震 215
■艮 225
■漸 235
■歸妹 245
■豐 255
■旅 267
■巽 277
■兌 287
■渙 295
■節 303
■中孚 313
■小過 325
■既濟 335
■未濟 347

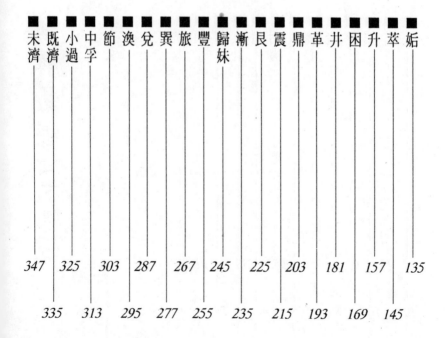

《前言》以新視野看待——易經

劉瀚平

當前國際國內都掀起了《易經》熱，這本冠居群經之首的東方文化源頭活水，正受到海內外學者的廣泛關注和開掘。

過去這門學問的傳統研究流派有：

一、義理派：著重從卦名的意義和卦的德行解釋經文，注重闡發其中義理，屬於義理學派。

二、象數派：著重從陰陽奇偶之數、九六之數，大衍及天地之數、卦爻象以及八卦所象徵的物象來解說《易經》文義的，屬於象數學派。

在人看來，自然界千奇百態的各種現象和社會人生的生、老、病、死等各種事情，都是變化不定、神秘莫測的。出於生存的實際需要，人們十分關注和迫切需要知道知己行爲的預期結果，於是易占便成了指導人們行動的準則和指南。

透過一套蓍草占筮的推演程序，得出一系列的數（參考拙著《周易闡眞導論》卜筮章），再根據聖人所規定的由數向卦的轉換方式，將這些數變成卦，形成了八八六十四卦，三百八十四爻。

將六十四卦解剖開來，都是由八個基本卦（稱經卦）重疊而成的。即☰（乾）☱兌☲（離）☳（震）☴（巽）☵（坎）☶（艮）☷（坤），這是易經取象思維的基本符號。

卦象作爲一套直觀的形式化系統，它具有巨大的包容性和不可窮盡性。象在易中的表現是一個以「⚋」陰「⚊」陽兩爻爲基本構材的符號系統，而這一符號系統所代表的物象是極豐富的，具有最普遍的解釋功能。

對象、數、占（義）作全面的闡釋和發揮，這是易經研究的焦點，《易經》以數立卦，以卦象、爻象判斷吉凶，是象數之學，而引申並發揮其中重要思想，使它上升爲比較系統的哲學，就屬義理之學。這是二而一，一而二的。

《易經》的重要功能，就是企圖借助於象數和占辭的結構，在觀念上把握事物和人類生活中的一切變化，也就是要求學易的人自覺地以變易作爲思維模式來觀察世界的繁複、流通和變化，可以以簡御繁，去視察世界，認識自我。

由於歷代易學家和思想家，解釋《易經》時，往往援用當時的哲學思想，社會、政治、倫理觀點，以及科學、宗教、文藝等知識和理論，易學又成了中華文化和學術的軸心。《易經》已被引入社會生活的各個方面，包括天文、地理、算術、煉丹術等自然科學領域。僅《四庫全書》著錄就有三百九十部，二千三百七十一卷，令人望洋興嘆！

《四庫全書》編者總結了易學的歷史之後又說道：

易道廣大，無所不包。旁及天文、地理、樂律、兵法、韻學、算術、以逮方外之爐火，皆可援易以爲說，故易說愈繁。

但《四庫》的編者以爲，這些都僅是「易之一端」，「非其本」。所謂「本」，就是天道人事，即一般的生活道理。

《四庫》編者慨嘆這些說法繁雜不經，但未能做出進一步解釋。只有到了近代，學者們用新的世界觀看待《易經》，才使易學研究發生了根本轉變。用新的世界觀去看待《易經》，我們可以發現它們與我們的傳統文化及人生生活有極爲密切的關聯，現代研用流派有：

一、「預測學」派：從預測中知道趨吉避凶，避禍求福，進一步教人懂得「是非得失」的道理，使占卜者自我反省其行爲的善惡，不存僥倖之心，不怨天尤人。

二、「人生學」派：主題在探討人在宇宙中的地位以及人之所以爲人的本質。周易六十四卦，每一卦代表一種時，這種時是總攬全局，每一個行動都受到這種一時的大義支配，人生學派，著眼點在於統照客觀環境和人處境的發展變化，來全面地評價人的行爲是否恰當？並追求一種相對的合理性。

近年來我在易學方面相繼出版了《宋象數易學研究》《周易闡眞導論》專門性著作，又在希代出版社發行了《易經也解風情》、《生活易經》大眾化作品，受到讀者的喜愛和迴響。陸續接到讀者來函，希望能提供他們一個更爲簡要、通俗的《易經》讀本，於是才考慮將這本書作了全面性的修訂增補；一面給自己將屆不惑之年的一張成績單，一面也希望能給讀者一個交待，至於這本書的重新刊行，當要感謝五南圖書出版公司楊董事長榮川先生，才使得本書得以再世。

丙子年孟春　劉瀚平謹序

《本書簡例》

一、《易經》版本頗多，本書以阮刻《十三經注疏》本《周易正義》爲底本，偶有校改處則注明依據，爲還原經自爲經，釋經的傳文全刪，僅留《大象傳》以補充說明六十四卦卦象。

二、本書內容主要包括經文〈原文〉、〈譯文〉、〈釋卦名〉、〈釋卦辭〉、〈釋大象傳〉、〈釋爻辭〉、〈各卦義疏〉。

三、遇原文中有疑難的字音、詞義、文理，需要注釋則置於〈譯文〉之後的〈釋文部分〉，目的在使譯文通暢明白。

四、本書的注釋，不敢有成見，對前賢舊說擇善從之，但體例及說解則據劉一明之《周易闡眞》一書，目的在使讀者有一象數學的主軸可循。劉說有未當或思想偏限者，常有稍作刪節更易，參考舊說，更發明新義。

五、〈釋卦名〉部分，據文字學、聲韻學說明卦名取義及卦名引申義，助於了解各卦之意函。

六、〔釋文〕部分，根據各卦、爻、章、節的理解需要而作，隨譯文附敘，詳略不拘，旨在補充〔譯文〕之所未及。

七、〔各卦義疏〕部分，總論各卦所象徵的意義，並分六爻不同階段的時、位、態勢，說明人、事、物的生機變化。

八、本書各卦都附有一圖，僅提供讀者閱讀的參考。

九、書首置前言、簡例、概說，供說明。

咸 ䷞ 兌上艮下 澤山咸

【釋卦名】

咸是感，無心之感。咸既是感義，何以不說感，是重在去心，象徵無心之感應，這是異性間必然且自然的現象。鄭玄說：「咸，感也，艮爲山，兌爲澤；山氣下，澤氣上，二氣通而相應，以生萬物，故曰感也。」大象傳說：「君子以虛受人」，朱子本義說：「山上有澤，以虛而通也。」天地萬物有感斯應，君子只有虛心才能感通宇宙萬物之理。

咸又有皆義，因爲萬物皆有感應，因而以都與感的含義爲咸，說文解字說：「皆也；悉也，从口，从戌，从戌，悉也。」段玉裁注戌是悉的假借。所以咸有偏及、均霑的意思。

首。

周易上經以創始宇宙萬物的乾坤開始，下經則以人倫開端的男女恒常關係爲

卦辭

咸，亨。利貞，取女吉。

【語譯】咸是陰陽相和，剛柔相應，故亨暢通達。利於貞正自守，有娶女吉祥的象徵。

【釋卦辭】咸卦有亨通暢達的象徵。利於貞正固守，也有娶妻吉利的象徵。

咸是感，卦德上兌悅，下艮止，陽剛在內，陰柔在外，悅以止爲本體，止以悅爲作用，陰陽二氣相感相應而和合，故稱咸爲調和陰陽的卦。調和陰陽貴在順其自然，不可勉強，順其自然即無心之感，陰陽相和合，沒有不感應的，若是勉強，即是有心之感，陰陽分離，感應有限；故咸有亨道，咸道雖亨通，然而無心

有無心的是非，有心有有心的是非，不能以枯木寒灰的無心，便說是咸的亨道；枯木寒灰是純陰無陽，怎麼可稱爲感呢？所謂感，是陰陽潛通，如本卦卦象兌爲少女，艮爲少男，兩人相處，彼此無心，等到陰陽氣足，彼此動情，自然互相感應。這叫不感之感，與無心爲感的盲動是不同的，所謂無心即無人心有道心，有心即有人心無道心；道心爲眞，人心爲假，若用假心則以不正感之，陰陽相背離；用眞心則感而得正，陰陽相通，或陰感而陽應，或陽感而陰應，都以道心爲主，以正直來感應，而不以假心，那還有什麼不可感應，有什麼感應不能順利；世上以正直相感應的莫若貞女，女德以貞靜爲重，不輕易失身於人，必等待佳配。而有感修道的人，調和陰陽，記取貞女的正眞品德以爲感，則所感皆正，寂然不動，感而遂通，感而遂通，寂然不動，止於其所，不論在順境，在困逆中，沒有不遂心如意，因而得吉了。

大象傳 山上有澤，咸。君子以虛受人。

【語譯】 山上有水澤的象徵，君子見咸知虛己待人的道理。

【釋大象傳】

上兌澤，下艮山是山上有澤之象，澤本是虛的，山本是高的，高山上有水澤；從這裡可知山上不虛不能有澤，人心不虛不能感物，所以虛其己之所有而受益於人。朱紫陽說：「休施巧僞爲功力，認取他家不死方。」「他」是人，不是世間的凡人，而是我本來不死的眞人，因交於後天，出走兌家，掩埋已久，迷而不返，只是偶而一顧。學者又執著後天實象，當面錯過，不能「受」之。究其所以都是由於不能煉己持心，受後天迷惑，滿腔私慾，茅塞了靈竅；實而不虛，總有人來，無處容納。修道君子若能煉己持心，除去後天的一切滓質，便能虛心了，心虛則先天之氣從虛無中來，便能受人之益而實其腹，我以虛感，彼以實應，陰去而陽來，金丹自然凝結，亦如「澤性潤下，土性受潤，澤在山上，而其漸潤通徹，則二物之氣相感通也。」（程傳）

爻辭

初六：咸其拇。

【語譯】

咸卦的初爻：感應在腳大拇指，感的不深。

【釋爻辭】

初六在咸卦最下方，以人體最下方的大腳趾象徵本性愚昧心志劣敗，不能煉己持心，想去追求外卦的九四，妄想成大事，就好像腳大拇指，只可以動，不足以使全身向前進，如此不能行動，不能守正道的感應，只是感動人心的感也。

六二：咸其腓，凶，居吉。

【語譯】

咸卦的第二爻：感應在小腿肚，操之過急有凶，若能以正自守，居而不動，便得男女以正，婚姻以時之吉。

【釋爻辭】

陰爻居陰位，陰柔而沒有陽剛，沒有道心，被人心所感應，就如足肚，不能隨意地行動，若妄自行動必招凶。人若能柔順，守正道，不被人心迷惑，亦能凶中致吉，這就是沒有道心的感應，雖發生感應，卻不可妄動，妄動有危險。

九三：咸其股，執其隨，往吝。

【語譯】咸卦的第三爻：感應在大腿股上，股是在人的腳的上面，身軀的下面，不能自由行動，必須隨腳或身體來移動。若感應在股，不能自主，隨人而變動，必招羞吝。

【釋爻辭】陽爻在陽位，是在本位，但剛而不中，在內應守住道心，不可因外在事物，牽動人心，這人心雖陽剛而不中節，見景生情，就如感動了股，不能靜守在他所在的地位，隨風起塵，執守不專，如有了道心又生了人心，以此來行道，則不免見羞於大方，這是失去道心的感應。

九四：貞吉，悔亡，憧憧往來，朋從爾思。

【語譯】

咸卦的第四爻：九四在心位，若能感得貞正，就吉，沒有禍害，所以無悔。但若有私意往來，朋友又都順從他則狹隘不能光明正大。

【釋爻辭】

「貞」，正也，寂然不動（蔡淵），「憧憧」：心意不定，往來不停的樣子。陽剛居陰位，本有道心，守正道就得吉利；剛中有柔，沒有感應也沒有禍害，似乎也沒有可後悔的。然而有應初陰，心志昏愚不定，被私欲所牽動，如此道心中摻雜有人心，外無感而內心有了妄意，所以說心神不定，走來走去，猶疑不決，隨他私心往來，而蒙昧道心，性亂情迷，一身都被人心所搖動，這就是起人心昧道心的感。

九五：咸其脢，无悔。

【語譯】

咸卦的第五爻：感到背肉，不能感物，與心相背，所以背私心而感之以至誠，就無悔。

【釋爻辭】

「脢」，說文說背肉，也就是夾脊肉。在心臟的後方，當手、腳、口等，都遵照心的命令行動時唯獨背肉，不加理會；且在背後，不爲外物所誘。它靠近心卻離開些，好比道心和人心只有毫髮之隔，感應在背肉上，雖與心很接近，卻不是心，這個不是心的心是所謂眞心，這個眞心不是色不是空，是沒有方所，虛靈不昧，也就是無心；以無心來感動有心，就是有心也等於是無心；如此無心無悔，依循天理達到至善完美的最高境界，這就是守道心而沒有人心的感也。

上六：咸其輔頰舌。

【語譯】

咸卦的第六爻：感動在臉頰口舌，也就是騁口辭去說服人家的意思。

【釋爻辭】

「頰」是口的兩旁，頰在內而輔在外，人在說話時，舌動則輔應而頰從，三者互相須從用事。滕，本是水超湧義，喻張口騁辭之貌。此爻是上悅卦的上爻，咸卦的最後爻，順著他的欲望務外失內，巧言令色，一切都是假的，所謂感動他的口頰舌，是每當口在說笑時，都會牽動這三者，口動而沒有心不跟著動的，這就是沒有道心而只有用人心的感。

咸卦義疏

咸卦以人身的部位來象徵六個不同的感應階段：

初六：咸其拇。—是動人心之感，能動不能行，如足之大拇指，不足以邁步。

六二：咸其腓。—是無道心之感，宜靜守正，不為人心所惑，凶中致吉。

九三：咸其股。—是失道心之感，有了道心又見景生情，執守不專，不能止於其所，為外物所奪。

九四：咸其心。—是因人心昧道心之感，外無感應，而內有人心之感。

九五：咸其脢。—是守道心而無人心之感，在上陰下陽之際，執兩用中道心常存，人心不生，眞心無心感假心有心。

上六：咸其輔頰舌。—是絕無道心而用人心之感。

六爻對男女相感論述得很生動，上經乾坤為天地之始，下經咸恒，以人倫發端的夫婦開始，借男女關係，闡釋感應法則。咸彖傳提出陰陽「二氣感應以相與」這點與東晉高僧慧遠說易經是以感應為主體（見世說新語），這點很重要。

男女自然無心的相互感應，彼此戀慕，以虛心的態度追求，以堅定的誠意感動，兩相情悅，彼此溝通，建立感情，結爲夫婦，完全是同聲相應，同氣相求的自然必然結果。這一過程，適用於一切人際關係，而且天地間一切交往，莫不是由這一無心的感應發端。

感應自然而然的發生，但不可輕舉妄動，魯莽行事，不可強求，應聽其自然，靜待發展。要純正動機，排除私慾，不可心胸狹窄，懷有成見，倘若孤僻冷漠，封閉自己，便無法與廣大外界溝通，不能建立和諧的人際關係，也就不能有所作爲。心地光明磊落，就能冷靜分析，不會猶疑不決，否則三心二意，把持不定，無法眞誠感動他人，也不能虛懷若谷，接納他人。至於花言巧語，取悅誘騙，更是小人行徑，所以本卦六爻論述不同的感道，有的以人心去感通，有的以道心去感通，有的有道心而又感於人心，有的背人心而祇感以道心，是非不等，惟有止於至善而去相感，則道心常存，人心永滅，眞陰眞陽隔礙潛通，就像磁石吸鐵一般。

恆 ䷟ 震上 巽下　雷風恆

【釋卦名】

恆，常也；長久的意思；古字是亙，說文說：「从心舟在二之間上下，心以舟施，恆也。」上下是往復的意思，好比往復遙遠而心以舟運旋，歷久不變，恆卦假借一隻船，兩頭靠岸，啓導人們做人處事要有恆德，有始有終，人生可以無憾。詩經小雅天保「如月之恆」，毛傳說：「恆，弦也。」恆是指月上弦，詩說：「如月之恆，如日之升，如南山之壽，不騫玉崩」是指經常不變的現象，月由缺（上弦）而圓，又缺（下弦），周而復始，上弦在月初，人們最先注意，因此用它來表現久常的意思。彖傳說：「天地之道，恆久而不已也。……日月得而能久照，四時

變化而能久成，聖人久於其道而天下化成。」古代聖人，取法天地的恆常，而立道立法立教，化成天下，各爻舉天象，人事爲例證。

卦辭 恆，亨。无咎，利貞，利有攸往。

【語譯】恆是常久，常久方能亨通，所以沒有過咎，且利於奉守正道，能奉守正道，就可以利有所往了。

【釋卦辭】「恆」即是久，卦德上震動下巽入，柔順徐緩而動，動而從容不迫，不即不離，心堅定而志向遠大，就是恆，是眞履實踐的卦。指示要恆長須專心致志，愈久愈力，不生懈怠，得一可以了性了命，如此恆有亨道，又能無咎；雖亨而無咎，尤更應依著正道，若不能正道，棄眞入假，還是不亨而有咎；世上盲修瞎煉的人，走入旁門左道，以非爲是，自以爲是聖賢豪傑，徒負虛名，忙碌一生，到死不悟，何嘗不是講究恆常之道，但去正道走邪道，求長生反而促死，等歲月到盡頭，不知從那裏找到路，如此遭咎尚且不能免，那能得吉，所以恆亨無咎的道理，只有利於貞正而已。雖利於恆的正道，更利於恆行的正道，利有攸往，是奉守正道，則利有所往。貞，正也，理也，身心性命的道理，此道理是盜陰陽，竊造化，脫生死，出輪迴，是恆久的大事，不是一朝一夕的工夫能成就的，必須柔巽漸進，由卑登高，由淺及深，一步步踏實地努力的做去；這經久不變的大事，須要經久不停的大功才能成就；行正道，要先知道正道是什麼？這即是窮理盡性以至於命的道理，而窮理盡性之功全在窮理透徹而已。

大象傳

雷風，恆。君子以立不易方。

【語譯】

雷風交作相薄，是恆卦的現象。君子效法這種恆毅的精神，樹立不變的志向。

【釋大象傳】

恆卦是在闡明人生修養恆德的方法，如何自立於大中常久的道理，不改變他的方所；恆即是久，上震雷，下巽風是雷震動風緊跟隨著，風雷相薄而動，雷得風助，聲音可傳得很遠；風隨著雷動可吹得更有力，這就是恆卦的現象。君子從這裏可知雷性剛猛，風性柔緩，剛柔相濟，所以能夠鼓動萬物。人的剛性屬陽，柔性屬陰，陰陽相須，才能久行其道，立不易方：立，就是果斷堅決的立定主意；方，就是方向所在，應該做的道理。一般人有能果決行事，但不知當行之道；而知道當仁之道者，開始很勤奮，漸而鬆懈，中途變卦，改變方所的人也不在少數，大凡這些都是沒有立下經久不變的志向的緣故。

君子效法雷的剛烈，風的柔緩，擇善固執，按部就班，漸漸增進，愈久愈力，如此便富貴不能淫，貧賤不能移，威武不能屈，深知萬有皆空，止於其所，才能深造自得，陰陽混合而歷久不壞。

爻辭

初六：浚恆，貞凶，无攸利。

【語譯】

恆卦的初爻：深切的求恆道，不知漸進，雖有正道亦是凶，是不能有利的。

【釋爻辭】

「浚」是深的意思，初六與九四相應，陰陽相應，下卦巽是入，故初六必會深入追求。但九四是上卦唯一的陽爻，亦即上卦震的主體；一心力爭上游，不理會初六的追求，中間又有九二、九三阻擋，強行深入，即或動機純正，時機不對，也會有凶險。恆的初期，不辨明是非，即深入妄想久遠的事，這就是浚恆；不明理而深入，雖欲求正道，反而招來凶險。這是無法求得有利的恆也。

九二：悔亡。

【語譯】

恆卦的第二爻：能夠長久守著中道，就沒有後悔的。

【釋爻辭】

以陽爻居在陰位，本是失位，本來會後悔，但九二剛而得中，依循中道，深明火候，通權達變，默默不著痕跡，恆於時而不恆以心，恆於道而恆於事，就沒有什麼可後悔的，這是無悔的恆。

九三：不恆其德，或承之羞，貞吝。

【語譯】恆卦的第三爻：不能守長久的恆德，有人這樣承奉急進的，以致失所可羞了，雖正固，但其守不恆以爲恆，這就可吝的。

【釋爻辭】九三陽爻陽位，過於剛健，且偏離中位，又與上六相應不滿現狀，有志修道的人，太過剛猛，而不守中道，急欲成功，其進也快，其退也速，這是沒有恆德的結果，或者有人奉承而招羞，這都是立了志，卻不能持之以恆，或知道正道，卻不去做，或遵循正道，又半途而廢，如此雖有正道，亦有鄙吝，這是有始無終的恆。論語子路篇子曰：不恆其德，或承之羞，當是引此。

九四：田无禽。

【語譯】恆卦的第四爻：田野裏沒有禽獸，雖努力的打獵亦無所獲。

【釋爻辭】

從第二爻到第四爻都是陽爻，本應陽剛震動，有所作爲的，就如有田可耕的象徵；但居於柔位，所處非其正位，雖恆久抱守正道，不能行持，如空有田而沒有禽獸相眷養，陽剛又有何用，這就是沒有作爲一事無成的恆。

六五：恆其德，貞，婦人吉，夫子凶。

【語譯】

恆卦的第五爻：執守恆德，從一而終，是貞，對婦人是貞吉，對夫子反而凶。

【釋爻辭】

此爻本是陽位，也是上卦的第二爻是陰爻，此陰爻在陽位，爲柔順而得正道，無思無爲，抱守忠誠不二的純一志向，這可說是恆守一德也，然貞一不二，避世養靜雖好，要盡性至命則難；所以對婦人來說守著順德是貞吉，對夫子反而不適宜，這就是寂滅孤修的恆。

上六：振恆，凶。

【語譯】

恆卦的第六爻：振是動蕩不安，缺乏恆心，有凶。

【釋爻辭】

鄭玄釋振爲「搖落」上六處於恆卦之極，又爲震體之終，震終動而不能止，又以柔居陰位不得中，指人以無而爲有，以虛而爲盈滿，自尊自大，只有自己，沒有別人存在，這是恆道敗落的象徵，如此大極自敗，高到極致必往下傾，終歸空亡，這就是自欺欺人招凶的恆。

恆卦義疏

恆卦以六個不同階段來表現持守恆德的態度。

初六：浚恒。——是不明理而冒進無援，無攸利之恆。

九二：悔亡。——以剛中爲恆，恆於道而恆於事，得悔亡之恆。

九三：不恆其德。——志於正而不能行其正，半途而廢是有始無終之恆。

九四：田无禽。—過下體之中，又不及上體之中，非恆久之位，是剛而無用之恆。

六五：恆其德。—恆其一德，柔中爲恆，不能裁制義理，爲寂滅孤修之恆。

上六：振恆。—上六恆極動搖不守恆以敗績告終，是自欺招凶之恆。

通觀六爻時義，無一爻能得吉辭；這是因爲恆卦是講守恆長久之道，即在萬變之中去尋求不變，以保持事物相對的穩定性，實際上就是執中，執中守恆十分不易，非一般人所能掌握和運用，何況窮理盡性至命之學，更是世間恆久不易的大事啊！

心得記要

遯 ䷠ 乾上艮下 天山遯

【釋卦名】

遯，退也。易序卦說：退者，隱避也。說文說：「遯，逃也。」，兩者的意思是一樣的。再由小篆來看遯字，從辵，豚聲，本義作「逃」解（見說文繫傳），乃「逃去」之意，故從辵。又以豚即豕，俗稱豬，性貪食，不慣圍飼。由於豚體積小，跑得快，所以有逃亡的意思，金文、小篆從「又」，是用手捕捉小豚以防逃遁義。孟子有「如追放豚」句，知其爲喜逸出圈之家畜。遯爲「逃逸」，也有引申爲「退避」之意。易遯：「君子好遯，小人否也。」所以，易經取爲卦名。借以引喻君子於世風日見污下時，應如何見機而退，不隨俗流以盡己、修身。

卦辭

遯，亨。小利貞。

【語譯】

遯卦是遯隱亨通之道，在小人當道的時候，君子身退遯藏以伸道，所以是亨通的。也有小小扶持與利反正的微機。

【釋卦辭】

遯有斂藏義，卦德上乾健，下艮止，健本於止，以止用健，有健而不輕自用。這是藏陽伏氣的卦。伏氣是不恃健而止健，人的健德係先天正氣。及其一陰來姤之後，陰氣漸長，陽氣當退，至於此，君子知其陰氣承天而動，難與力爭，不去退陰，先欲保陽。保陽就是收斂精神，止於其所。這樣就可以伏先天之氣了，若能伏先天之氣，則陽氣不傷，陰氣自化。所以，遯中有亨道。

然而，遯之道，不是要避陰，也不是要坐觀成敗，而是要借陰全陽。但是要把握時機，要早遯。早則陽氣盛而陰氣弱，易於遯。若遲遯，則陽氣衰陰氣盛，不易於遯了。本卦二陰四陽，陰氣猶順陽氣，這時候行遯道，還不算太晚（消息卦的六月）。所以遯的亨道，在於小利貞之時。此時陰氣尚未傷陽氣。故止健伏氣之亨道，須在二陰方進之時爲之。此時彼此無傷，陰順其陽之遯，何止小利貞，亦可謂大利貞。君子進則立功，退則明道，明哲保身，樂在疏水，於己無不亨，且可立風教天下，而百世與焉，於天下亦亨也。

大象傳

天下有山遯，君子以遠小人，不惡而嚴。

【語譯】

天下有山之象。君子有見於此，如天之遠山，敬小人而遠之。但這種疏遠應該是內懷厭惡之心而不表露於外。

【釋大象傳】

遯卦的大象辭是根據大自然的現象，引申出一種君子應有的處世之道。遯卦是隱遯義，上乾天，下艮山，是天下有山之象。天高山低，天能容山，而山不能近天。這就是遯卦的卦象。君子有見於此，領悟到人之所以會招災惹禍，爲小人所傷，都是因爲器量太狹窄，心中不能容納萬物所造成的。因此，深覺要遠避小人，但是對待小人，是輕不得他，也重不得他。所以，並不是要惡聲厲色的，而是要自守矜莊威嚴，使小人敬畏，自然就遠離了。不惡，就是要用寬容的心對待萬事萬物。嚴，就是要培養剛健之德以律己。所以，修道君子，應努力做到量大如天，包羅萬有，俯視一切，無物不容，處世而不滅世，居塵而能出塵。如此一來，不一定要對小人嚴辭厲色的，但就由於君子的這種異於常人的操守與品行超絕，絲毫不苟且又充滿了剛健正氣，雖本無心遠小人，小人卻自遠的境界。這種現象也正像天下有山，山雖很高，但卻仍碰觸不到天。在天下萬物之中，山算是最高最大的了，天連這至高至大的山都能包容了，何況是其他那些不高不大的東西呢？我們引申到人的身上，我們可以明白，一個修道者，應有天包容山的度量，才可以行天之道，修天之道，以期不遯而遯，這樣，就可以不為萬物所傷，也就是達到「諸緣不礙，有无不立，順逆不拘」的境界了。千萬不要像世間一些假道學，度量狹窄得像芥菜籽，一些芝麻綠豆都容納不下，一些細微末節的小不順，就可刺激得大發火爆脾氣。無怪被小人嫌忌，而魔障不離。

爻辭

初六：遯尾，厲。勿用有攸往。

【語譯】遯卦的初爻：是遯卦的末尾，將有危厲的象徵。處此時，是不可以有所往的，須晦處靜待，這樣就不會有什麼災害了。

【釋爻辭】初六位居卑下，在尾之遯，所以不容易被客氣所傷，但陰柔無能，未免遯之不固，被外物所移轉，自招危厲，倘若能「勿用有攸往」，堅守遯的時義，可以說是把握遯卦謹始的要義了。

六二：執之用黃牛之革。莫之勝說。

【語譯】遯卦的第二爻：象徵意志堅定，固執誓必遯之志，有如用黃牛的皮革執縛它，沒有人能解得開。

【釋爻辭】

「執」是縛的意思。「革」，皮也。「黃」是中色，牛性情柔順，也象徵六二的中正，「說」，脫也。六二爻，正好是陰爻居陰位又居中位，所以是柔順中正，正當其位，其志堅固得像是用黃牛皮綁住一樣，沒有人能解開。所以客氣難入，也就是說「志固則小人不能勝我」。故君子於此之時，只要能致虛守靜，外緣不入，內念不出，不一定要退隱山林，修出世法。只要自己身心自嚴，亦可大隱在世修依世法，和而不同，自然遯而不見遯，不見遯而自遯了。

九三：係遯有疾厲。畜臣妾吉。

【語譯】

遯卦的第三爻是說應該遯，卻遯得不安穩，有繫累，這樣不是大學養，會遭致疾速的危厲的，此時只有畜養臣妾，才得安心吉祥。

【釋爻辭】

「係遯」即急欲遯去之意，「係」是係累，牽制、繫的意思。「疾」是弊病之意。處九三爻時，因下近二陰，剛爲柔牽，時勢當遯，若是不早早決然遯去，必然會有所係累，使自己處於進退不能自決，內心交戰而致危疾之狀況。人的剛健正氣如主人，外緣牽引如客氣，如奴僕，受到客氣的係累，則容易以假傷眞。就好像去養奴僕而失了主人。李光地說：「臣妾者，近之不遯，遠之則怨，惟不惡而嚴，畜之之道也。君子之于小人，既有所牽繫而未得遯，則惟行其畜臣妾之道乃吉，蓋不失吾貞，而又不干疾怒，處遯之吉也。」在此當遯又有係累而未得遯之時，不可以做大事，待小人要以畜臣妾之道，即臣妾順乎己則與之近而撫之而不失其剛，則既无不遯之憂而能容，以使無怨，如此，才可獲貞吉。

九四：好遯君子吉，小人否。

【語譯】

遯卦的第四爻，有好遯的象徵。君子處當遯之時，要好好地遯隱自修，遠離小人的侵害，因而致吉。小人則循私戀祿，不知遯去，所以不吉。

【釋爻辭】

「好」爲喜好的好。九三與初二兩陰柔成比，親昵而不遯，九四是與初六雖互相對應的，但能舍其所應而絕然退去，是好遯而不親昵，剛爻居柔位，剛以柔用，能藏眞陽於陰氣剛發之時，是好於遯而無係累，惜命如惜寶，不使有一毫陰氣潛生於方寸之中。所以，在君子而言，是吉利的。對小人而言，若是剛強自用，不知伏氣，認假傷眞，那就不吉了。

九五：嘉遯，貞吉。

【語譯】

遯卦的第五爻是說：有嘉美的遯志，遯以其時，遯得恰好，是貞正吉祥的。

【釋爻辭】

「嘉」是美的意思。此爻正好當位，又與六二柔順中正對應。不會成爲累贅，所以能無牽無掛的隱遯。程子易傳：「五與二都是以中正自處，是其心志及乎動止，莫非中正，而无私係之私，所以爲嘉也……志正則動必由正，所以遯之嘉也。居中得正，而應中正，是其志正也，所以爲吉。人之遯也止也，唯在正其志而已矣。」故知當此之時，是剛健中正，所親者陽，所遠者陰，擇善固執，是謂嘉美之遯。遯之嘉美，不以假傷眞，所以未有不吉者。

上九：肥遯，無不利。

【語譯】

遯卦的第六爻，象徵著遯得遠，遯得寬裕，是無所不利的了。

【釋爻辭】

「肥」是餘裕之意。陽居柔位，象徵著剛柔混合，萬物不能移，造化不能拘，自由自專。遯到了這種境界，已是內無所傷，外無所損，不伏氣而氣自伏。此爻「最處外極，無應於內，心無疑戀，超世高舉，安時無悶，故肥遯無不利。」（侯行果）上九達到這一超越世俗，置身世外的地位，自身剛健，下又無相應係累，進退自如，悠然自得，安度隱遯的生活，沒有什麼不利與疑慮。

遯卦義疏

遯卦象徵退隱狀況，以六個不同的階段的時、位、態勢表現出來是這樣子的

初六：遯尾之厲。——是遯之宜謹始者也。
六二：執用黃牛。——是遯之不失守者也。
九三：係遯之厲。——是遯之有私係者也。
九四：君子好遯。——是遯之宜去私係者也。

九五：嘉遯貞吉。──是遯之歸於中正者也。

上九：肥遯超脫。──是遯之無有不利者也。

我們可知遯，不只是退避，遯除了表面上的涵意外，亦是一種潛養的功夫。因卦體艮下乾上，艮有止義，乾有健義，健而能止，則更爲篤厚。故來氏云：「不言退而言遯者，退只有退後之意，无避禍之義……」由此可知，遯卦所說的遯不是要人消極的於小人道長，世風日下之際去避禍，而是要積極的止健、養健（復先天正氣）來氏又云：「二陰生於下，陰漸長，小人漸盛，君子退而避之故爲遯也，序卦順者久也，物不可久居其所，久則變，變則去，此理之常，故次於恒。」遯在恒之後，就是告訴我們處「恒」時，要慮其變，則以遯爲變。以遯爲變，即用養以制變。此爲不變而先變，這是主動而非被動。在十二消息卦中遯爲陰長陽消之卦，陰長至二位，陽剛據五位而應二仍有可通之道，可以維持局面，所以說遯亨。如果陰長至三位變成否，陽剛即無亨通之理。十二消息卦專論陰陽消長對立轉化，而六爻的陰陽消長過程，凡剛柔相臨近的爻位以及二五相應的爻位一般均有相得相合之意。以遯卦的六爻而論，初六「遯尾」稱「不往」，六二「執用黃牛」稱「固志」，均以其有應而不進。九三與二柔相臨「畜臣妾吉」，九五應六二「嘉遯」以「正志」，均以有比有應而不退避。九四雖應初六而二者均不當位能「好遯」，上九無應能「肥遯」，唯此二爻應退避。因此可見，六爻之中有止有退，有合有離。從修道君子言六爻之中，惟上爻眞體未傷，才不須用保健之功，其餘都陰陽相雜，眞體已虧，所以必先伏其氣，而後才不會被客氣所傷，修道君子當眞體未傷，須行無爲之道以養陽，到了眞體稍虧，須行伏氣之功以防陰，本體不一，其用也有不同，因此貴乎神而明之，存乎其人而已。

心得記要

大壯 ䷡ 震上乾下 雷天大壯

【釋卦名】

小篆：象人正面立，而揚其兩手，張其兩足之形。其本義作「天大、地大、人亦大焉，象人形。」後借爲大小之大，其意亦可引申爲眾多、或盛的意思。小篆：壯，士，聲，本義作「大」解（見說文義證），方言「凡人之大謂之奘，或謂之壯。」壯即身心強健之大人，故士。易大壯：「小人用壯，君子罔也。」注：「小人以壯敗，君子以罔固。」「壯」，亦可引申爲血氣剛。大壯就是陽氣充沛強盛狀。易經因其陽氣盛沛狀猶似雷之陽氣，故取爲卦名。借以引喻在此一紛雜、零碎的流風裡，每個人都該大壯自己身、心、志、學。

卦辭 大壯，利貞。

【語譯】

大壯卦是陽氣在盛長，在壯大，以剛而動。所以大壯，利於守貞。

【釋卦辭】

大壯卦是二月之卦。序卦曰：「物不可以終遯，故受之以大壯。」大壯就是陽氣強盛沛的意思。卦德上震動下乾健，健於內而果決行事，健行不息，所以叫大壯。這是進陽氣之卦，承上「恒」卦而來。恒者，久於其道之功，久於其道則身體力行，心堅志遠，一念不回，深造自得。若要達到上述之境界，則必須是大壯之人才能做到。大壯之人自命不凡，俯視一切，放得下提得起，有大壯之志，即能行大壯之事，作人之所不能作，爲人之所不能爲，超凡入聖，爲天下希有之事。有如雷之一動，自地升天，驚愚駭俗，震動一切。但是這大壯之道，尤貴乎壯之得正。若不得正，則壯不大。世間有陷入傍門外道之徒，著空執相，認假爲眞，水火不避，患難不懼有至死不變的，何嘗不也是壯？但壯之不正，不但不能壯大，反而因壯而傷生，何足貴呢？持以大壯之道，惟利於貞而已。貞者，正也，理也。以理行事的壯，必然是內有主宰而志正，外無妄動而行正，志正則剛強不屈，萬物難移而內壯，行正則果決有斷，諸事能成而外壯。志以固其行，行以全其志，內外兼修，不壯者亦能壯，已壯者能大。以正而壯，其利豈有限量乎？船山易內傳說：「……乾之四德，大壯所可有不言元亨，以未得天位，尚不足以統天，而達其雲行雨施之大用也，利貞者，性情也。性情則已足矣。陰尚據其上，疑於相應，而貞則必利。」總之，大壯之吉，一定要貞正。

大象傳

雷在天上，大壯，君子以非禮弗履。

【語譯】

雷在天上，這是大壯卦的卦象。君子見此卦象知道動靜進退的節度及次序，非禮的事不願去做的道理。

【釋大象傳】

大壯卦的大象辭是根據自然現象，借以引出一種君子修身養性的應有之道。卦象上震雷，下乾天，就是雷在天上的現象。雷是剛烈之物，其氣最壯，升於天上，震驚一切，壯氣更大。君子有見於此，知道雷是隨著時機之不同而產生而升天的，能用以生養萬物。引申到人身上，發現人若能順理行事，就能立德。有了德，自然就能非禮弗履了。禮是動靜之節，進退之序，是修身應世的規範。如困一個人師心自用，任性作爲，或妄想貪求、恣情縱慾，都是不合乎禮的。若是去做不合于禮的事，不但不能大，更不能壯。就算勉強說他「壯」，也是棄眞入假之壯，壯非所壯，就難達「大壯」的境界了。如果一個人能做到「非禮勿視、非禮勿聽、非禮勿言、非禮勿動」，以禮而履，非禮不履，則一切言行就都合乎禮。

禮者，理也。理者，天也。爲人之一切舉止動靜都能合于天理，人欲不生。一步一趨，皆合妙道，這樣就能與天爲徒，與雷同功。居於五行之中，而不爲五行所拘，處乎萬物之內，而不爲萬物所傷。這樣的壯，豈不大哉？然而，大壯又有過剛之嫌，故須注意勿「已剛又進剛」。要上以養壯，不使剛進太過。而用剛之道，在於：未剛則須用剛，已剛須養剛。進剛者，用壯也。養剛者藏壯也。要以時而行，不失其正，動固壯，止亦壯。如此才能明白「無往而不可剛，無往而有傷剛」的境界。

爻辭

初九：壯于趾，征凶，有孚。

【語譯】

大壯卦的第一爻，它的壯是右下的，故有壯於足趾的現象，此時應努力培養剛健之德于初始時，若一味想直衝前往，必有凶兆，而有孚信于困窮凶吝的。

【釋爻辭】

畫卦自下，所以初爻爲始，爲本，爲尾，爲趾，上爻爲終，爲末，爲首。腳趾在人身最下，主於行走，初九象徵旺盛的前進意圖。征是往行。在大壯之始，應當要虛己求人，究明性命之理而後用。千萬不要以剛自居，冒然進步，妄想高登，速欲成功。初九雖然陽爻陽位得正，但與九四陰陽不能相應，上方沒有援引，所以前進遭凶險。這種現象就是壯趾之壯，其進銳者，其退速，遠行必凶。

九二：貞吉。

【語譯】

大壯卦的第二爻，剛居陰位，剛柔相濟適中而不用壯，不過于壯，所以是正而且吉利的象徵。

【釋爻辭】

壯大之際，往往容易過份，必須固守至正至大的中正之道而中庸行事，來知德謂：「九二以陽剛當大壯之時，居中而不過于壯，正而且得吉者也。」於此之時，吾人應剛以治內，柔以應外，外不足而內實有餘，不壯而壯，壯之有得於中，中而未有不正，正而未有不吉者也。

九三：小人用壯，君子用罔，貞厲，羝羊觸藩，羸其角。

【語譯】

大壯的第三爻以陽剛居於內卦之上，有小人過于盛壯，凌暴於人的現象。而君子則視有若無，蔑視於事而無所忌憚，這種勇又太過了，雖正，也還是有危厲，就好像雄羊剛壯喜觸藩籬，反而摧毀了自己的角。

【釋爻辭】

「罔」是無，視有如無（本義）。「羝」是雄羊，剛壯喜歡觸物（本義）。「

藩」：籬笆。（程朱）「羸」：同纍，掛住無法擺脫的意思（程傳）。九三陽爻陽位得正，但離開中位，剛強過度，若是不壯於內，而壯於外，躁進無忌，對小人貪圖名利而言，是徒逞血氣之勇，但對修道君子言，則切切不可。應當要努力做到萬有皆空，用壯於內，而不用壯於外，視有若無。否則不但壯不得正，就算是得正，也無法去正人，反而先傷了自己，這也是危厲之道。就像是羊去觸藩籬，反而傷了自己的角。君子豈可不愼乎？

九四：貞吉悔亡，藩決不羸，壯于大輿之輹。

【語譯】

大壯卦的第四爻，堅貞純正，吉祥，可以無悔，就好像藩籬已經決潰了，角不被掛住，前進不會再受阻。又像堅牢的大車車軸曲木，利於前行。

【釋爻辭】

「決」，斷裂之義，「輹」，又作輻，卡住車軸的曲木。九四以剛居陰位不中不正已過半，繼續壯大，就會後悔，但是質柔而用剛，剛柔相繼而符合用壯的原理。此爻爲震動之主，前臨二陰，無所繫應，陽實陰虛，以致於「實」馳騁乎「至虛」，無所阻蔽，爲藩決不羸之象。（船山易内傳）於此之時，剛而能柔，陰陽混合，金丹已結，正是正己之後應正人之時，所以說貞吉而又悔亡也。貞吉者正己之吉。悔亡者，正人之悔亡。又近六五虛心下賢之知音，不但不敗自己之壯，而且能行大人之壯。

六五：喪羊於易，無悔。

【語譯】

大壯卦的第五爻，在諸陽並進而方長的時候，象徵大壯卦羊在田畔失落，其壯無以用剛，但沒有悔吝。

【釋爻辭】

本卦所以用羊來象徵，是因爲將大壯卦每兩爻合併成一爻，就成爲兌卦，外柔内剛，是羊的象徵。李光地說：「壯卦以羊爲象。羊，壯物也，以柔居中，失其壯矣，是喪羊也。九三、九四兩爻皆取羊爲象，代表陽剛，至六五、上六爲柔爻，陽剛不見了，所以叫喪羊。「易」即是埸，田畔之地。當此之時是可壯，而人不能壯，如羊喪失於田畔，人雖不能壯，幸其柔順虛心，能借他人知識以開己之茅塞。虛心即能實腹，不壯也能壯，已壯者則可更壯大。這樣就不會有「失羊」的遺憾了。

上六：羝羊觸藩，不能退，不能遂，无攸利，艱則吉。

【語譯】大壯卦的第六爻居於大壯之極，有如羝羊接觸藩籬，既不能退，又不能進。這是沒什麼利可言的。但若能以處理艱難事務的心情去面對它，終能得到吉利的。

【釋爻辭】遂是達到目的，上六陰爻，力氣不足，又不能穿破藩籬達到目的，又屬於上卦卦體之極，愚而自用，妄猜私議，入於傍門，到得年滿月盡，生平所學俱歸無用。有如羝羊觸藩，不能退又不能進，居動之極，禍已釀成，如何能退？在事之終後悔莫及，如何能進？退之不能進之又不能，空空一世，何利之有？然而柔而無能者，與其自己用壯而受害，不如及早虛心而求明師，困而學之，勉強而行之，從艱難處下一番死工夫，這樣就不怕到不了「壯」的境界了。

大壯卦義疏

大壯卦是進陽壯氣之卦，以六個不同階段的時、位、態勢來顯示出：君子應如何用壯，以達明進退、知止足、無往而不可剛，無往而有傷剛之境界。

初九：壯於趾，征凶。—是不謹於始之壯也。
九二：貞吉。—是嚴以治己之壯也。
九三：羝羊觸藩。—是剛而務外之壯也。
九四：藩決不羸，壯于大輿之輹。—是正己正人之壯也。
六五：喪羊於易，無悔。—是己不壯而借人之壯也。
上六：不能退，不能遂，艱則吉。—是本不壯，而歸正即壯也。

通觀全卦時義，以明於事理、剛柔相濟爲正。陽剛主於進，陰柔主於退，陽剛升到四位稱大壯，卦體又乾健而震動，剛健則不屈撓，震動則不易安，不免有過猛之嫌，所以雜卦傳說：「大壯則止」，即取其不可輕易用壯之義。項安世說：「壯有大小二義，有以事理得中爲正者，有以陰陽當位爲正者。剛以柔濟之，柔以剛濟之，使不失其正，此事理之正也。以剛處剛，以柔處柔，各當其位，此爻位之正也。大壯之時義以事理爲大，其所謂『利貞』者，利守此理之正，故曰『大者，正也』。明不以爻位言也。」因此，九二、九四雖不當位卻得剛柔相濟得吉；初九、九三雖然當位而得凶與「用罔」。六五能夠柔度剛；遇上六明於「艱則吉」的事理也能歸本於事理之正，所以六爻都以事理之正與否爲進退準據。

在這六個過程中，都有壯道，但吉凶不一。求其壯於內而能正己者，只有在九二的階段。要壯於外而能正人的，只有在九四之時。但是對一個修道君子而言，當他尚未了道之前，必先正己。若已了道之後，則又須去正人。正己就是修道，正人就是立德。由此可知，修道、立德，才是壯之正途，壯之大。大壯若要能「吉利貞正」，則必須以「道全德備」爲吾人努力的最高境界了。

心得記要

晉 ䷢ 離上坤下 火地晉

【釋卦名】

晉字甲骨，金文都象兩矢向日之形，小篆簪增加「一」字，說文說：「晉，進也……日出，萬物進。從日，從臸。易：明出地上，晉。」矢向日是指萬物向日的象徵。萬物是向日欣欣向榮，朝著光明前進的。周易象傳說：晉，進也，凡進皆曰晉，難進亦曰晉。

卦辭

晉，康侯，用錫馬蕃庶，晝日三接。

【語譯】

晉是進盛，安邦治國的諸侯，受到錫賜的馬眾多，在一日之中，就接賜三次。

【釋卦辭】

「晉」是進。晉的卦義是上進。升卦的卦義也是上進，但二者不同。升卦爲林木生長漸漸而進；晉卦是太陽升出地面愈上進而愈光明，所象「明出地上」。用卦德言是上離明下坤順。由順而生明，因明而行順，這是自誠而明，進火的卦。

人本有良知良能之性，炯炯不昧，健德本明。因交於後天，識神用事，人心起而道心藏，良知之健德變爲不良之健，良能之順，變爲不良之順。心與物交，錮閉了靈竅，神明有昧。易經教人進火的原因，是由不明而復進於明而已。進明的工夫，非順不可。順是順時順性，常存道心，不生人心，知之能之無一不良，天賦予人的是良，人能順天所予也是良，天人合發，元神不昧，便能自誠而明，其明日增，由小而大，自微而著，漸進於高明遠見之處。

就像康侯用錫馬蕃庶，晝日三接的象徵。「康侯」是安泰寧靜之侯，「馬」在午，屬於離明之象，「蕃庶」是地所生，屬坤順之象，「晝日」是日之明，明在上，「三接」是地之順，順在下。人的良知良能，一片眞心，爲一身之主，就像一國之有康侯；眞心不背於天良，用明用順，就像康侯用錫馬蕃庶；由順而生明，以明而行順，就如晝日三接，「三接」是再三之順，不順而必至於順，其中有去邪存誠的工夫，去邪存誠，人心順道心，誠則明，明則誠，誠明兼賅，明明德而止於至善，進火之功就完全成就了。

大象傳

明出地上，晉。君子以自昭明德。

【語譯】

光明出於大地之上，是晉卦的象徵，君子體察這一現象，便能自己發揚清靜光明的德行。

【釋大象傳】

晉卦的大象辭是自待重以周，待人輕以恕，即自明明德的人生觀。晉的意思即是進，上離日，下坤地。日出地上，日本明，地本暗，明出地上；由暗而明，即進的象徵。君子有見於此，知日入於地，又能出地，人隱昧眞德，也能明德。所以說是自昭明德，昭是明的意思，而明德即本來良知良能之靈性。此性本來眞空妙有，烱烱不昧，一交後天氣質之性，由明入暗，失其本體。但是不明，是由於自己，昭明也是在於自己，總在自身昭不昭而已，若能自知昭明，便能明，從實地上用工夫，急須下手修爲，除去一切積滯，解脫萬般塵情，戒愼恐懼，防微杜漸，人心自去，道心自彰，氣質自化，眞性自現，呈現一個無私無欲，可大昭於天下之德的意思。

爻辭

初六：晉如摧如，貞吉，罔孚，裕无咎。

【語譯】

晉卦的初爻：象徵要升進亦或抑退，能守正就吉，因爲不爲人所信，惟有安中自守，雍容寬裕，無急於求進，則無過咎。

【釋爻辭】

初六爲柔爻上進的開始，故稱晉如，「如」是語助辭。「摧」是抑退，挫敗的意思，初六欲進，但力量微弱，雖與九四相應，但九四陽爻陰位不正，不能信任它。罔孚是不爲人所信的意思。進退之間因未能自信明理，故以守中爲吉，宜靜不宜動，等待時機來臨，先須窮理，充裕於內，運火自無差錯之咎，這是未進明而先求明之義。

六二：晉如愁如，貞吉，受茲介福，于其王母。

【語譯】

晉卦的第二爻：象徵要進而憂愁其難，惟有不求強進，守其貞正就得吉。此守至中至正之德必受大福，因德久必彰，有六五大明的人，當自求之，而加寵愛。

【釋爻辭】

「介」是大。王母是祖母。最早的字書爾雅釋親說：父親的母親爲王母。「茲」是此。六二在下，又在三陰昏暗之中，不但不能增益其明，反而有以蔽明，上無應援，以中正柔和之德，不可強進，故曰進而可憂愁。王母指六五，陰居尊位，乃柔順之主，因其爲柔順之主，故能受錫馬三接之大福。此時能貞則吉，能貞則致虛守靜，眞陰現象，假陰自化。

六三：衆允，悔亡。

【語譯】

晉卦的第三爻：在順之極能順從上與眾同志，爲眾所信，所以無有悔事。

【釋爻辭】

「允」是信的意思。六三陰爻陽位不正，又不在中位，當有悔事。可是能信於下二陰爻，陰爻居陽位，不能自下而順，乃自上而順，然性柔志剛，志同道合，能信於下必能獲於上，眾所信則明理不疑。不順陰而順陽，借他家之明以濟我家之暗，我順他，他即順我，有允爲立志上行之象。

九四：晉如鼫鼠，貞厲。

【語譯】

晉卦的第四爻：象徵晉如貪婪而畏人的鼫鼠，想進而懼畏不前，處而不能安，如此雖正也危。

【釋爻辭】

九四爻已經跨越了下體，上升到上卦的初階，陽爻居陰位，其位不當，以陽剛上承六五，故有晉如鼫鼠之象。鼫鼠又稱碩鼠，較一般田鼠大，貪食五穀而畏懼人。說文：五技鼠。「能飛不能過屋，能緣不能窮木，能游不能渡谷，能穴不能掩身，能走不能先人。」實際是五能不成一技，這比如鼫鼠欲前顧後，無德又無才，要進而貪其位，又恐人進，雖正也危，乃是所居的位不當。

六五：悔亡，失得勿恤，往吉，无不利。

【語譯】

晉卦的第五爻：沒有後悔，得失不要過於憂慮，前往有福慶，吉而無所不利。

【釋爻辭】

「勿」同無，「恤」是憂，本爻柔在尊位，陰爻陽位本不正，當有悔，但六五離卦光明的主爻，以大明而下坤皆順，所以無悔。當推誠委任以盡眾人的才能，勿自任己明，勿過於顧慮得失。如此而往，則吉而且無有不利的。人之有悔是因心不能虛，若能虛心，則以己求人，即能實腹，既能實其腹，則吉凶止足，如在掌上可以光明磊落，直行無疑，前往進火下功，吉祥無所不利。

上九：晉其角，維用伐邑，厲吉，无咎，貞吝。

【語譯】

晉卦的最上爻：象徵上九剛進之極，如角一樣強猛在上，有失中道。唯獨可以用於自治小邑則有功，雖危厲而吉，且無過咎，然而以極剛進治邑，非中和之德，故雖得於正，亦是可吝。

【釋爻辭】

「邑」是私有領地，這裏用來比喻自身。「維」同唯，「伐」是攻伐，克服。「維用伐邑」是指只能以剛克剛，自己控制自己。角，剛而在上的物類表示剛進之極，若剛強自勝，祇知進明，不知虛明。不能行克己之功，必有危厲，惟有自明而誠，而後能得吉。

晉卦義疏

晉卦之六爻，其變化如下：

初六：晉如摧如，守貞而吉。──是未進明，先求其明。

六二：晉如愁如，柔而守正。──是處於不明，不遽進明。

六三：眾允，悔之，有悔可亡。──是己身不明，順人之明。

九四：晉如鼫鼠，邪正不分。—是剛而有私之明。
六五：悔之，失得勿恤。—是虛而招實之明。
上九：晉其角，維用伐邑。—是剛而高亢之明。

晉卦所給人生新時代需要最著明的，一個是用恩，一個是用明，發自內心眞去用恩，眞盡力的，有恩於人，此恩又不只是施與，而是恩和明並用。教人自立自強，這比給人以錢財的恩更大。在人生的精進方面：一是克己嚴，以苦爲師，精進不息。一是教育嚴，陶鑄一世之人才，立己而立人。

晉卦取象於太陽冉冉升起，是以柔進上行爲卦義，全卦專主柔爲義，通觀六爻，凡柔進則皆吉，剛進則厲，思想非常清晰。所以初六，六二、六三、六五均合於卦義，九四陽剛位不當，上九陽剛進極，亦未能光大晉升之道，因此進明運火之道，在於未明必先求其明，既明又當虛其明，虛實並用，剛柔相當，明本於誠，自誠而明，日進日高，用之不盡，取之不竭，無處不可用時，無處能傷其明：所以雜卦傳說：「晉，晝也。」，這是晉卦的本象本義。

心得記要

明夷 ䷣ 坤上 離下　地火明夷

【釋卦名】

「明」爲會意字，从日从月，日月照天，光顯明亮。夷的本字在甲骨、金文作入，象人高坐而肢體下垂之形，說文說夷是从大从弓的會意字。古代夷人的坐相如此，所以孔子的老朋友原壤「夷俟」，不合華夏中原的坐像規矩，孔子見了，就用手杖敲敲他的腳脛（見論語憲問）。弓从大的夷字，是尸字後起的異體字，也是因爲夷風尚勇武，出入必攜帶弓箭而造的字。

本卦的夷是痍的假借字，痍字可以泛指一切的「傷」害；序卦和小爾雅都釋夷爲傷。初六「明夷于飛，垂其翼」，明夷就是鳴雉，是象徵鳥類飛翔不順義，公羊傳成公十六年說：「痍者何？傷乎矢也。」正可以用來解釋易卦。

象傳：「明入地中：明夷。」朱子以卦象解作：「日入地中，明而見傷之象，故爲明夷。」六二爻「夷於左股，用拯，馬壯，吉。」馬雖傷了左股，但因馬壯，所以仍然可以行動。

因此本卦可以引爲日沒地下，黑暗之象，夷是傷，凡事猛晉太過則傷。

卦辭

明夷。利艱貞。

【語譯】

明而見傷的現象，利於艱難而守正，晦藏其明。

【釋卦辭】

明夷卦德上坤順下離明，明在順中，明而順時，以順養明，所以說是明夷，又因爲明在暗中，明而有傷，也叫作明夷，所以明夷有暗藏義；有傷明義。這是自明而誠退火的卦。

退火，是藏明於至幽至密之處，而不輕於自用。修道之所以進火用明（晉卦）

，是因不明而進至於明而已，既進至於明，內外不昧，便可以韜明養晦，必至於至善無惡之地，使明不受一丁點傷害，正所謂「火返其本」，「有氣無質」，「一團和氣」，「良知良能」，「元神不昧」，「非色非空」，「即色即空」，「色空不拘」，就如日在地上能照外，日在地下能照內，內外無一不明，不明之明，勝於用明，明而無形迹可窺。「火」既退藏了，火也一返本源了。

返本之道也就是逆退之道，逆退什麼呢？是逆其所生之明於內，有明而不自用。有明而不用，不是空空無為便能了事，其中有防危慮險之功，隨時收斂之道，要在於艱難不能自由的處所開始「返」，若返於順境，不能返於逆境，則火不能歸元，明不入眞理，必定有所傷害。

所以說明夷利於艱貞。艱難守正，順時而退，就不傷明，使丹元不滲漏。所謂「縱使辨識了硃砂與黑鉛，不知火候也白識。」要緊的是藉修持力，有毫髮之差便不能結丹。修丹之道，全要以火候為準據，火一少而丹不成，一過火便傷丹，丹已結成，急須住火停輪，沐浴溫養，守中抱一，深藏其明於無聲無臭之地，不使其有一點火氣。

大象傳

明入地中，明夷。君子以蒞眾，用晦而明。

【語譯】

光明入於地中，這是明夷的現象。君子體察這現象，在蒞臨大眾時，能晦藏其聰明睿知於內，而收治功的成就，顯明於外。

【釋大象傳】

本卦上坤地，下離日，是明入地中，暗中有明的現象。君子有見於此，知修道者，處於眾人之中，用明大過，驚愚駭俗，易取毀謗。所以蒞眾用晦夷藏，可以漸入光明。「蒞」，是以明而臨蒞不明；「晦」，是依於物而附著於物，一體同觀，就像大地厚德一般，無物不載，無物不容，順應外物而已。但是用晦，並非全不用明，而是外雖晦而內實不晦，晦中又有明的意思，以至於賢愚邪正都能辨識清楚，不外是和而不流，群而不黨，行藏虛實，眾人莫能了解，如同日出地上固明，日入地內也明，所謂大隱不妨居於朝市就是這個意思。

爻辭

初九：明夷于飛，垂其翼，君子于行，三日不食，有攸往，主人有言。

【語譯】

明夷卦的初爻：象徵鳥在飛行中負傷，翼下垂。於是君子舍棄冒進，會有三天沒有吃的；就算有投奔的地方，也會被譏笑，聽到閒言閒語。

【釋爻辭】

明夷之初，雖無傷之形，已有傷之幾，急須退火以免其害。以象取之，如明夷於飛垂其翼；以人取之，如君子於行三日不食。既然如已受傷的飛鳥及窮困辭位的君子，故急需退火於未傷之前，這一爻說明在明德被殘害的艱難初期，唯有退避韜光養晦以自保。

六二：明夷，夷于左股，用拯馬壯，吉。

【語譯】

明夷卦的第二爻：象徵負傷在大腿，幸好右腿還可以行動，因救助得速，如馬的健壯尚能救於行，終可違避傷害，所以吉。

【釋爻辭】

「左股」：股在脛足的上部，對於用行不甚切，左又不便用，所以傷不深。六二比初九負傷較重，陰爻陰位，又在中位，柔順中正，能夠遵守法則，迅速挽救，仍吉。此爻退火稍遲，而即見傷，然陰居柔位，柔順虛心，見傷即知用壯馬急拯其不能早退之失，可不至於大傷其明，此退火於見傷之時。

九三：明夷于南狩，得其大首，不可疾，貞。

【語譯】

明夷卦的第三爻：象徵陽在離上，最爲明智，但籠罩在全陰的上卦之下，與暗極的上六，正相敵應，不得不將明智隱藏，百般忍耐，有如南進畋獵，前往除害的現象，可以俘獲陰暗的罪魁惡首，但是誅除元惡和舊染污俗，不能操之過急。

【釋爻辭】

「南狩」：南是明方，古代以南上北下，南是光明的方位，狩是畋獵去害的事，即前進除害之意。大首：是說陰暗的魁首，指上六。不可疾貞：是說誅除元惡和舊染污俗，不能急遽改革，一定要漸革以安。九三，陽爻居剛位，剛明兼備。運天然眞火以去人心之首惡，但人心有識神居之，其爲歷劫輪迴之種子不易去之，若去太猛反激邪火妄動，有傷眞火，故需漸次變化氣質之性，人心終有消滅之時。

六四：入于左腹，獲明夷之心，于出門庭。

【語譯】

明夷卦的第四爻：象徵柔正居處，養明於幽深至密之處，所以猶可以得意於遠去。

【釋爻辭】

「左腹」指幽隱的地方，左腹之明視之不見，不識不知。「于出門庭」是指得意遠去的意思。此爻表示養明於幽深至密之處，出有心而入無心，一切邪火便無從發生。由於四爻將入暗中，然跟六五相比，則四爻尚淺，猶可得意於遠去，獲明夷之心。

六五：箕子之明夷，利貞。

【語譯】

六五處傷明之地，切近上六至暗之人，如商的舊臣箕子之善處明夷，外晦藏其明，內貞正其志。

【釋爻辭】

史記宋世家記紂王暴虐。箕子勸諫不聽，有人勸告他逃亡；箕子說：為人臣下，勸諫不聽就離去，豈不是暴露君王的罪行，自己討好人民，我不忍這樣做。於是就披頭散髮，裝瘋淪為奴隸，傷己明而避禍。此爻處於傷明之位，需要守中抱一，絕不用明而明方能常存，所謂內有天然眞火，爐中赫赫長紅。如箕子之明夷，利在於貞。利貞之明夷，外不足而內有餘，此養眞火而明不傷之爻。

上六：不明，晦，初登于天，後入于地。

【語譯】

明夷卦的第六爻：不明而晦暗，初始登上至高的天位，而夷傷人的明，後終必定至於自傷，而墮入至暗之地以毀命。

【釋爻辭】

上六處上極，昏暗到極處了，明者全為昏、暗的君主所傷。由於不明火候，祇知須用其明，不知逆退其明，故不明而反晦。無益有損，自招其災。金丹得而復失，前功盡棄，此乃不知退火而終傷明。若能藏明於內，火返其眞，則能歸於自然天理，返回良知良能本來面目。

明夷卦義疏

初九：明夷于飛。──是退火於未傷之前也。

六二：明于左股。──是退火於見傷之時也。

九三：明夷于南狩。──是運眞火而明不傷也。

六四：入于左腹。──是退假火而明不傷也。

六五：箕子之明夷。──是養眞火而明不傷也。

上六：不明，晦。──是不知退火而明終傷也。

明夷這一卦，指出人生處憂患之道，該如何控制火候，方能在大憂患中用以修己並救世，闡明在艱難時「用晦而明」的法則。就六個爻來分析，初九，明夷于飛之時，急須退火以免其害，六二，明于左股之時，須退火於見傷之時。九三，明夷于南狩，須運眞火方能不傷明。六四，入于左腹，須退假火方能不傷明。六五，效箕子之明夷，須養眞火方能不傷明。上六，不明，晦。不知退火而終傷明。

明夷和晉對反，晉是「明出地上」，明夷是「明入地中」，日出日落，明夷為黑暗之卦，這時為有明德的賢人受害。卦爻辭也提到歷史典故來闡述卦義。初九是伯夷出逃，六二是文王拘羑里，九三言武王將伐紂，六四是微子歸周，六五是箕子爲奴，上六是殷紂滅亡，六爻都屬殷周之事。

明夷卦不取二五相應以及爻位的比乘關係。程頤指出：「易之取義，變動隨時。」因爲明夷以上六爲昏暗之主，上昏暗而在下五爻都被他所傷，這一時義就決定了爻位關係不能用常例，所以王弼強調：「夫卦者，時也。爻者適時之變者也。」我們論卦必須首先知卦時，才能掌握爻位關係。

家人 ䷤ 巽上離下 風火家人

【釋卦名】

家人，家裡有人。明顯地說出家的重要性，是一種具有恩情，親愛的動力根源，將這個來源組合成重要的人倫關係。從卦辭「利女貞」可知周初已是「男女有別」的時代了。家人包括男人與女人，人組合成一個避風港與安頓的地方，家與人就有了一個互動的關係，彼此有關。

本卦同時在說明婦女在家中的腳色。彖傳說：「女位乎內，男正位乎外，男女正，天地之大義也。家人有嚴君焉，父母之謂也。父父、子子、兄兄、弟弟、夫夫、婦婦，而家道正，正家而天下定矣。」這是我國傳統的家庭倫理哲學，也把男女的和諧在政治體

系中的重要性明示出來。

卦辭 家人，利女貞。

【語譯】

家人卦，是利於女子守正道。

【釋卦辭】

家人是指家中有人喻治內之道。卦德上巽入，下離明。明便可以順行其道；順則能以漸通其明。巽明相需，如以風吹火，火隨風生，有治家之道。這是指煉己持心迴光返照之卦。治內必先明於內，明內就是煉己，煉己是煉淨我家之陰，我家之陰是何物？無非是人心。人身中的精、神、魂、魄、意都屬陰，完全聽命於人心，人心若靜，五者皆可靜；人心浮動，而五者皆浮動。煉己便是煉此心而已。

煉去人心，道心自然顯現，道心顯現而內心通明，如此一來，精、神、魂、魄、意皆化而爲護法神。人之一身如家，人的精、神、魂、魄、意如一家之人，精、神、魂、魄、意各安其位，各伺其事，喜怒哀樂都和而中節，如一家得治。卦之所以取利女貞爲象，是因女以守貞爲貴，煉己如女子守貞，則我家之眞陰現象，眞陰現象則心虛靈不昧，外物不得而入，可以循序漸進，以求他家之陽，無不利。

卦體下離上巽，離爲中女，巽爲長女，中女居下，長女居上，象徵一家之內女子少長有序。再就二五的中位言，六二爲柔爻虛在下，居陰位得下體之中而爲一卦之主爻，是陰柔得位得中道而居內，象徵克守本分能盡家道之職責；九五爲剛爻，剛居陽位得上體外卦之中，象徵外守本分而盡己之力；內外各得其正，虛心實腹，致虛守靜，以爲成家立業，不使一絲毫陰氣潛藏在方寸之中。

大象傳

風自火出，家人。君子以言有物而行有恆。

【語譯】

風自火出，是家人卦的象徵，君子體察此象，則言語有一定的內容，行爲有一定的法則。

【釋大象傳】

家人，是一家之人，上巽風，下離火，火居內位，風在外，氣升，火燃而後氣溫上升，造成空氣對流，於是產生風，因此風火一家，是家人之象。君子有見於此，知風火一處，風生本於火，火燃而風自生，人我同居，成物必本於成己，己正而人自化，因此，話不空談，言必有物，行不妄行，行必有恆，謹言愼行，那麼一家人都可以如我一樣了，家人又不僅是同家之人，凡與我同居同事的都是。「言有物」是指因事而言言必合理，有指有證；「行有恆」是指眞履實踐，有始有終，如此一來，言行無虧，內不失己，外不傷人，則同居同事者，默相感化，也如同火燃而風自生之象。「言」是心之聲，「行」是身之律，修道者有物而言，有恆而行，則心正身修，性命有寓，而能上下與天地同流，而以天地爲一家，那裡只是家人而已呢？

爻辭

初九：閑有家悔亡。

【語譯】

家人之初爻：一開始能夠防克，心中雜念不生，妄想不入，不會有憂悔的害發生。

【釋爻辭】

「閑」是防範的意思。初爻以陽爻居陽位、一開始就有正道行始，因此能有防閑家道的偏差。煉己防閑，克制方寸之中，使心裡空空洞洞，內心不生妄想，外物不役心靈，本來有悔意之心也就因行其正道而消失。一如開始就走對了。

六二：無攸遂，在中饋，貞吉。

【語譯】

家人的第二爻：象徵返觀內照，心清意靜，不專遂於外，而愼於內，以靜制動，以一禦紛，外物不納，客氣難入，如婦人在中饋食而居貞，吉。

【釋爻辭】

「饋」是供應食物。中饋是在家中負責烹飪供應食物。六二，柔居柔位正中。女主內，男主外，內位者不專務於外的意慾滿足，而能在家中將事物處理完善，以靜制動，以內制外，女內位正、外面的謠言與事物不會被影響到家中的人與物，所以女者在家中持分內的事，不在外面招搖，乃是貞正而吉祥。

九三：家人嗃嗃，悔厲吉。婦子嘻嘻，終吝。

【語譯】

本卦的第三爻：治家嚴酷，家人不免嗃嗃恐懼，有悔且厲，有吉。否則婦人子女嘻嘻哈哈，終有悔吝的事發生。

【釋爻辭】

「嗃嗃」是冷酷的意思。「嘻嘻」是家教失去節度。家規廢，亂倫禮，生閑邪使不能保其家了。九三以陽爻居陽位，有剛強之風，故治家嚴酷，使家人有些恐懼，治家嚴厲，難免有傷感情，難免有悔事，但是卻能剛正，結果也吉利。反之婦子嘻嘻則有失家風，結果必有悔吝之事發生。煉己功勤，雜念不生，如家人嗃嗃嚴厲，厲而驚懼，不敢爲惡，自然得吉。否則有念不去，姑息養奸，恣情縱慾，如婦子嘻嘻，略無家法。如此修道終不成。故此煉己當用剛道。

六四：富家，大吉。

【語譯】

本卦的第四爻：象徵富厚美滿的家，大吉大利。

【釋爻辭】

六四，到此前三爻都陰陽居陰陽位，六四爻是外卦巽謙順的開始，以柔求剛，借剛濟柔，漸次前進，不即不離，漸次導引，虛心即能實履，富有日新，方且積法財聚天寶，不僅無已而已，這是大吉的象徵。

九五：王假有家，勿恤吉。

【語譯】

本卦的第五爻：君王格家施治，相親相愛，無憂無慮。九五爻，家中若能居正，即使天下般大的家，皆能不必憂心其吉利不吉利。

【釋爻辭】

「假」同格，至的意思。禮記祭統：「王假有廟」釋爲到達的意思，「恤」

是憂。九五剛健居中正君位，又與內卦柔順中正的六二相應。心正而身修，如王者大家施治，各位其正，天下自然太平，自然相處融洽，互敬互愛，吉則出於自然，一點都不勉強，那有什麼憂愁呢？

上九：有孚威如，終吉。

【語譯】

上九以陽爻居家人之上，有誠信威儀樣子，終究是吉利的象徵。

【釋爻辭】

上九，剛而居於巽卦之上，家道終極於威信二字，和原來開始的初爻一樣，反身而誠，初吉而終也吉，有始有終。此爻強調威信不是作威作福，強使人畏懼信服，而是靠自己的言行作出表率，使人敬服。朱震說：「威非外求，反諸身而已。反身則正，正則誠，誠則不怒而威。」光明通天徹地，一切魍魎邪魔都近不得身，煉己之功畢矣。

家人卦闡釋治家的原則，攘外必先安內，大學中的誠意、正心、修身，齊家、治國、平天下的道理就是說明這一卦，它也說明了一個人煉己修身的步驟和原則：

初九：閑有家，悔亡。——這是指煉己於有己之初。

六二：无攸遂，在中饋貞吉。——這是指煉己而用柔道。

九三：家人嗃嗃，悔厲吉，婦子嘻嘻，終吝。——這是指煉己當用剛道。

六四：富家大吉。——這是指煉己當以柔而用剛。

九五：王假有家，勿恤吉。——這是指煉己到剛柔如一。

上九：有孚威如，終吉。——這是指煉己而有始有終。

從爻中的變化，家中的吉凶全是靠人們的作法如何即可知家中的吉凶。家中若能防閑，保持在家中沒有越級本分把家裡整理好，管教的作風正直嚴厲，自然無敗家子的出現。但是嚴而不苛才能處家之道，家是不講法理的，故不可過份嚴苛需具情理。如此有正常的人倫組織，即可富裕自如，沒有憂慮，但在最後不可因富無慮而喪失正直的威信，這樣才是終吉。

古書上說：「煉己不熟，還丹不結。」「還丹」頭一步工夫，先要煉己，煉己煉到無己時，虛室生白，先天之氣自虛無中來，凝結而成黍米之珠，其光通天徹地，一切魍魎邪魔焉得近之。可見得煉己的工夫何等重要！

心得記要

睽 ䷥ 離上兌下 火澤睽

【釋卦名】

「睽」是離異久隔之義。說文：「睽，目不聽也。从目癸聲。」段玉裁注：「聽，猶順也。二女（指兌、離皆陰同居）猶二目不同視也。」所謂「二目不同視」，是指眼睛不能同時看清兩樣東西，荀子勸學篇說：「目不能兩視而明」。

本卦是引申作不同、隔離的意思。癸是天干最末，有不好、敗落、邪惡的意思，女人的月經稱天癸，或癸水。睽有目見乖隔離異的事物，對性情言是不好的，但以形體言卻是異性相吸，睽異求合的事才見成效。彖傳下文說：「天地睽而其事同也，男女睽而志通也，萬物睽而其事類也。」孔穎達正義

解釋得好：「體乖而用合也，天高地卑，其體懸隔，是天地睽也；而生成品物，其事則同也。……男外女內，分位有別，而成家理事，其志則通也。萬物殊形，各自爲象，……而均於生長，其事即類。」易經指出宇宙異中有同的現象，格外切用；因爲兩異若不能相容，則易生磨擦，爭亂，以至於毀滅，異中有同，則同存共榮，宇宙萬物才能生生不息。

卦辭

睽，小事吉。

【語譯】

天下睽違離亂時，企求人心不壞的事情是吉利的象徵。

【釋卦辭】

「睽」是彼此相違的意思。卦德上離明下兌悅。悅生於內，明用於外，悅非所悅，明非所明，悅明不當位，故謂睽，這是陰陽相隔，和緩調理的卦。

後天陰陽睽隔不通，錯綜混亂，但又蘊藏了致合之道。明雖在外，若能虛其心，可以返明於內，慾雖起於內，若能實其腹，便可以掃慾於外，明能返於內，慾能掃於外，即神定情忘，陰陽的隔礙潛通。所以說小事吉。小事是指陰之事，人心用事已久，道心埋沒大事已去，如今想要致合，必先去人心而後生道心，道心恢復後，大事才吉。

正當睽違隔離的時候，企求人心不壞，事已足夠了，那裡還奢求大事之吉呢？

大象傳

上火下澤，睽；君子以同而異。

【語譯】

火在澤上是睽卦的象徵；君子因此同中有異。

【釋大象傳】

睽卦上離火，下兑澤，是上火下澤之象。火性炎上，澤水潤下。火在上而不能熏澤，澤在下而不能濟火，火澤同處而其性情睽違之象，君子有見於此，知修道者，不可不同於人，但也不可過份同於人。不同則驚世駭俗，遭人嫌疑；過份與人同則隨風揚波，落入塵情。因此同中而有異，當傚法澤水的浸潤萬物，混俗和光，物來順應，方圓不拘，而無物不能同。傚法火的照耀器物，邪正分明，能應物而不迷，內有主宰，而操守大有不同，外面雖同，內實不同，內有異而外不異，所以能大同於人也大不同於人。外同：是依世法；內不同：是修道法，所謂修行混合且和光。該圓便圓；該方就方，「顯晦逆從人莫能測，教人爭得見行藏」便是這個道理。

爻辭

初九：悔亡，喪馬勿逐自復，見惡人无咎。

【語譯】

初爻沒有後悔。就如喪失了馬不必追牠、自己就會回來了。雖在此時會遇到惡人，不會有災難。

【釋爻辭】

學如逆水行舟不進則退，心似平原走馬易放難收。睽的初爻說明道心將要離去，人心將要產生，如果一開始能剛直守正，不爲人心所迷惑，道心自然會再回復起來。有如喪失馬匹，雖追不到，馬自然會回來。見到與自己離異的人也不會遭受災禍。惡人所指的就是人心，人心俱有五賊足以敗道心，一開始不見人心，因此五賊不知作亂，見了人心若能順其慾而給於漸次的引導不作亂，則五賊不能張狂，自然有回道心之時了。

九二：遇主于巷，无咎。

【語譯】此爻九二居內卦中，應於六五。此時陰陽正好睽離，邪盛正弱。然而剛以柔用，從小道曲折的巷子中去遇到主人，這樣就不會有災禍。

【釋爻辭】睽卦邪氣盛，道氣弱，道心不易正遇，然而九二剛居弱位，即是委曲求全，剛以用柔，從小處著手，漸次進步，借人心生道心，而九二與六五正好是相應，使得道合志行，然後避開災害。

六三：見輿曳，其牛掣，其人天且劓，无初有終。

【語譯】

此爻如牛車被牽絆於後，阻礙於前。如果人要硬進，就會像割面割鼻一樣痛憤，雖然有悔意但不是悔於初，而悔於終。

【釋爻辭】

「輿」是大車，「曳」是從後面拖曳，使車不得向前行駛；「掣」是用手控制牛，而牛不得前行。「天」是指頭頂，亦即顚也，轉爲在額頭上刺字的刑罰。六三前後受到剛柔限制使其與上九背離，喻愚者自用順其所欲，如牛車被絆阻，不悅於內。而悅於外，未得於彼早失於此。此人務外傷內，認假失眞，到頭來窮無所歸，才後悔自錯，所以無始有終。

九四：睽孤，遇元夫，交孚，厲无咎。

【語譯】

此爻居九四上下爲陰爻，孤立無援，但初爻爲陽，即元夫，遇之能敏而好學互相幫助，彼此信任，雖在危厲之處也能避開災禍。

【釋爻辭】

「元夫」是大丈夫的意思。九四爻，陽在陰中，道心爲人心所陷，孤陽無依是睽孤。初爻道心雖微，若能敏而好學不恥下問，與善德交往抱持道心，久之人心化，道氣存，孤者不孤，有咎可以無咎。

六五：悔亡，厥宗噬膚，往何咎。

【語譯】

六五爻以柔處尊，應於九二。遇陽剛九二，像喫膚肉這般容易，所以前往無咎。

【釋爻辭】

古代宗法制度規定嫡長子繼承王位爲「宗王」，庶子則爲「宗臣」，所以九二尊六五爲主而言「遇主於巷」；六五稱九二之臣爲宗而言「厥宗」，「厥」是「其」。六五之象，柔順虛心，居二陽之中既明我家的純陰，又明他家有陽虛，虛人心而求道心，本有悔者，而悔可以消失。道心是人心的宗主，取道心之宗主，點化人心之假，就像噬膚一般容易，以此往而行道，何睽之有呢？

上九：睽孤見豕負塗，載鬼一車，先張之弧，後說之弧，匪寇婚媾，往遇雨則吉。

【語譯】

上九爻應對於六三，但六三爲九二、九四所困，故同孤立無援，像看見豬背負泥土，以爲汚穢；又疑車載鬼，以無爲有，先張弓射箭，後疑稍釋，知是自妄，即悦不射，因非寇而爲婚媾，遇陰陽交和暢生吉了。

【釋爻辭】

「負」是背，「塗」是泥，「弧」是弓，「說」是脱，上九與六三相應，但六三前後都有剛爻牽制，不能前往相合，上九又處睽之極，道心埋沒甚久，人不反顧則睽違孤立。道心埋沒人心用事，習染成性，疑慮百出，像豬染了一身是泥，車載鬼滿腹猜疑。若欲回復道心須先明人心，明之貴在於「見」一字，見豕見鬼，實際上是要見人心爲害最大，不明而用人心，就像先張弓弧。後能明人心而復道心，就如將弓弦放下。無人心便不見道心；無道心而難知人心。借人心復道心，人心雖爲罪的魁首，但也是功之酋首，非寇賊而實婚媾，即是人心見了而道心回復，往而濟睽，陰陽和合，如遇其雨洗去舊染之污，原是當年圓成無虧之物，吉而不凶，捨此莫如。

睽卦義疏

睽卦闡釋離與合，異與同的運用法則，有離必有合，有異必有同，這是必然的自然法則。睽卦六爻兩兩相對，下三爻強調睽乖與對立，上三爻則強調睽乖能統一。

初九：悔亡，喪馬勿逐自復，見惡人无咎。——是濟睽於方睽之時也。

九二：遇主于巷，无咎。——此濟睽於正盛之時。

六三：見輿曳其牛掣，其人天且劓，无初有終。——是不睽而自致其睽也。

九四：睽孤，遇元夫，交孚，厲无咎。——是以尊交卑，能濟其睽也。

六五：悔亡，厥宗噬膚，往何咎。——此以虛求實能濟其睽也。

上九：睽孤，見豕負塗，載鬼一車，先張之弧，後說之弧，匪寇婚媾，往遇雨則吉。——此睽終必合乘時而濟睽也。

萬物同之所以爲同，所以爲大同，正是因同中有異。天地間的人有男有女，但同居在天地間，萬物因大同而異，亦因異而能同，雖爻象中正中位都陰陽睽據，在許多事物中不能直接行之，對於小事能屈曲而行，進而陰陽媾合而吉，小事吉，卦變而使得可能成其大事。

本卦六爻都有睽異而致合之道，總在於免得陰陽不睽，而不能陰陽有濟。所以彖傳說：「小事吉」，然而小事吉，大事便能吉，睽異終而能合，陰陽相通，自此而求大事，未有不致吉的，修德者，可以不先求其小事之吉嗎？

蹇 ䷦ 坎上艮下 水山蹇

【釋卦名】

蹇字從「足」得義，本義作「跛」解，說文繫傳：乃指人不良於行而言；從寒省聲，寒時萬物萎縮，不良於行者常畏縮不敢前。綜合形、聲之義，蹇即重在限止之義；見難而退，知險而止。彖傳說：「險在前也，見險而能止，知（智）矣哉！」這話淺近，要實行卻不容易，那些玩火自焚，自作自受的人，何不猛然想想易卦的忠言呢？

卦辭

蹇利西南，不利東北，利見大人，貞吉。

【語譯】

蹇是難，足不能進，若行則得難，在西南方因處平易之地有利；在東北方則止於危險不利。蹇難之時必有聖賢之人能濟天下的險難，所以利見大人。惟守正固德，就吉。

【釋卦辭】

「蹇」：難，足不能進，行之難。（本義）
「西南」：是坤方，坤地體順而易。（程傳）
「東北」：艮方，艮山體止而險。（程傳）
「大人」：九五剛健中正有大人象。（本義）

蹇卦卦德上坎險，下艮止，止於險中是爲蹇。這是後天中保先天之卦。人自從先天散失，後天用事，人心惟危如坎卦二陰在一陽之外，道心惟微如坎卦一陽陷於二陰之中。陽陷陰中，道心爲人心所累而不能振發，全是人心用事，非常危險，有險須要止於險，能止於險，則人心漸消，道心漸生，可以處險，可以出險，而不爲後天陰氣所傷。卦辭說：「蹇利西南，不利東北」正是處險出險的秘訣。西南屬坤地，虛極靜篤之鄉，又西南皆屬夏秋，利一切事物之時。虛極實來，靜極則生動，先天之氣自虛無中來，道心發現，人心自退，係生我之處，故利。東北爲艮山，陰氣剝陽氣，陽氣將盡之方，陰氣剝陽，順其所欲，人心用事，道心將亡，係死我之處故不利。

說利見大人，是大人不失其赤子之心，赤子之心，不識不知，無貪無求，即是道心，有道心即爲大人，無道心便是小人。去人心非見道心不能。生道心則能處險，退人心即能出險。道心一現，正邪即分，性定而忘情，不爲人心所誘，止則能以禦險，動則能濟險。處險解險均以道心用事，則一切能吉也。

大象傳

山上有水，蹇。君子以反身修德。

【語譯】

山上有水，這是蹇卦的象徵，君子應以反身自省，修養品德。

【釋大象傳】

本卦上坎水，下艮山是山上有水之象。山高已多陰，上又有水，陰盛陽弱。君子有見於此，知人之不能進於聖賢大道，都由於爭勝好強，恣情縱慾，不知遷善改過的緣故。當反身而修德，「身」是行道之物，倘若不能反身，身不由主，由物使用，一行一步，都是危難之境，傷生之事。惟有反其身，則雄心自然變化，棄假入眞，不爲外物所惑。步步腳踏實地而德可以修。德修則性定情忘，如山之不動不搖，蹇則不蹇了。如此一來，一切艱難苦惱之事，那能傷害你呢？但是反身修德的眞正卦義在於險在外，山在下，修養在內，見有險而即便要反，借險來修德，境險而心不險，外險而內不險，險事在彼，修德在我，以德禦險，險事皆化，借險修德，德行日高，蹇文有何不好？知蹇而後修德，學者若能在「反身」二字，認眞去看，何患有蹇，何患德不能修。

爻辭

初六：往蹇來譽。

【語譯】

蹇卦的初爻：意謂遇蹇難之初，知險即能止而毋進，必能免於難，甚而能得明哲保身之美譽。

【釋爻辭】

初六處於蹇難之初，陰居陽位，不得時位，與六四又不得相應，愈要勉強往上進，就愈加陷入險境，只有止而不進，反身以修德，待時而發，美譽之德自在矣。在蹇之初，未交於物，人心未起，若往而交物，便起人心而有蹇，不往而來，人心不用，道心常存，這是指柔而謹愼於蹇難之初。

六二：王臣蹇蹇，匪躬之故。

【語譯】

蹇卦的第二爻：意謂王臣得以相應，爲臣者雖知險無能以濟，仍不畏艱難與君主同赴難，此忠貞的行爲，不因艱難困苦而移其志。

【釋爻辭】

「蹇蹇」是不已貌，「匪躬」是奮不顧身，努力向前的意思，後世將「匪躬」當作忠臣報國的形容詞，就是出於這一爻。九五爲王（坎中之眞陽），六二爲臣（艮中之眞陰），眞陽有險即眞陰有險，六二處大臣之位，居中得正而與九五之君得以相應，雖知險上加險，仍以一顆忠貞無畏之心奮力濟險，此種大無畏的精神，非爲己私之念所能發的。

九三：往蹇來反。

【語譯】

蹇卦之第三爻：當遇蹇難時，唯有返回原位修業進德，才能轉危爲安。

【釋爻辭】

「反」：即返之意。

陽居陽位得正，剛躁太過則與險爲鄰，若再進則遇蹇難，慶幸的是剛而得位，能守正而不踰，止而反身修德，見險能止，不往。反而掃去人心，把持道心，遇險而無險。

六四：往蹇來連。

【語譯】

蹇卦的第四爻：遇蹇難之時，雖居正位仍不能濟險，唯有回頭與九三的陽剛相連，方能有所作爲而出險。

【釋爻辭】

「來連」：即相連以共濟蹇難。

陰爻居陰位，但不足以濟險，如前進則會陷於險境，應回頭與九三的陽剛相應，以成即濟之象，方可濟險成功，柔弱無能，便要屈己求人，不恥下問來連有道之士，擴充其見識，道心漸生，人心漸去。

九五：大蹇朋來。

【語譯】

蹇卦的第五爻：九五爲君王之位，然處於坎險之中，必須得助於天下忠義之士，方可共濟難而脫險。

【釋爻辭】

陽陷於陰中，雖陽爻居陽位但因陷於陰中，其險可見，故謂「大蹇」。若能與下方之六二相應，道心一來，人心即化，剛柔混合並濟，一氣而成，蹇難可化。

上六：往蹇來碩，吉，利見大人。

【語譯】

蹇卦之最上爻：當蹇極的時候，來從五求三，得陽剛的濟助，因而獲解就是吉了，而利見有德之人來助。

【釋爻辭】

「碩」：即「大，寬裕」之稱。（程傳）

「大人」：即指九五中正之大人。（本義）

上六陰柔在蹇之極處，此時正當人心安靜，道心發現之時，若不得時而行，反而會遭險難，故利見九五之大人來助，以完成大業，轉凶爲吉。「大人」爲了道成眞出險之人，從險地一一經歷過來，藥物火候，無不通曉，蹇終之時正是生門死户，可吉可凶之處，須要眞師大人口傳心授才能殺裡求生，出蹇濟蹇，而不被陰陽所拘。

蹇卦由卦象而得人生逆境十有八九，當遇險或險上加險，如何能解險，即是蹇卦各爻一一所述。其不外教人平時即應注重養身修德，平時處世用之，若遇險難即能隨時用之，化險爲夷，不致貿然前行而得咎。

下卦艮體三爻不具備濟蹇的條件，所以：

初六：往蹇來譽。—是柔而謹愼於未蹇者也。

六二：王臣蹇蹇。—是柔而能處於蹇者也。

九三：往蹇來反。—是剛而不入於蹇者也。

上卦坎體三爻爲入坎而濟蹇，所以：

六四：往蹇「來連」。—是柔而借剛濟蹇者也。

九五：大蹇朋來。—是剛柔一氣而無蹇者也。

上六：往蹇來碩，利見大人。—是求師口訣而濟蹇者也。

全卦圍繞在濟蹇出險一事上，擇出各方面的具體條件，作出了相應的分析論斷，可以發人深思。值得我們深思的是：大凡出蹇濟蹇之道，須要眞師訣破生門死户，方能有濟於事，不知生門死户，不但道心識不得，就算是人心也識不得，識不得道心，認不得人心，如何能眞正去人心，到頭來弄盡傍門走道，不蹇而自致蹇，無益於性命，反而傷害了性命，豈不可畏。

心得記要

解

䷧ 震上 坎下 雷水解

【釋卦名】

解字在甲骨文、金文象兩手解牛角。篆文則省勿作刀。說文解字：「解，判也，以刀判牛角也。」小篆解：「從刀，從牛角，以刀分割牛角爲解。」說文許箸：作「判」解，乃剖判之意。解字古寫從八，有分別義，故釋爲判。引申爲分裂，渙散。凡機體結構分散說解體或解散，人死也叫解脫，故今人剖析文句說疏解。

卦辭

解，利西南，無所往其來復，吉。有攸往，夙吉。

【語譯】解，是利於西南方的，不往，而來復先天之氣，有所往，應當早一點下手才吉。

【釋卦辭】卦德上震動下坎險。陽氣震動而出險，險外之動，動之遂心，所以叫「解」。這是乘時採藥之卦。

「採藥」其實就是解脫陽氣。採藥貴在知時，若不知時，當面錯過，陰氣仍在，陽氣又去，雖然藥在咫尺，也得不到。悟眞詩：「鉛遇癸生須急採，金逢望後不堪嘗。」當一陽生於坤地，先天之氣，從虛無中來，天地之心回轉，所謂「西南得朋」，正是鉛遇癸生，大藥發現，道心震動，人心寂滅安靜之時，這是自然而然之解，吉而有先見之機。所謂「無所往」是指天時無往而不復，人無所往，來復天地之心，非人勉強所致，是一時自然之現露；當天時已到，尤賴人力，急須下手扶陽抑陰，天人合發，借此一點陽氣回復，而又復於純陽無陰之地。道心常存，人心永滅，才是解去危難，縱橫逆順，無不如意。

所謂「有攸往，夙吉」。夙是早，早則藥氣剛生，屬於先天，遲則藥氣已過，屬於後天，藥氣剛生而急採，則先天堅固而得吉；藥氣已過而始採，則後天又發便不吉了。「夙吉」二字大有深意，有不得不早之義，所謂「若到一陽才動處，便宜進火莫延遲。」便是這個道理。

大象傳

雷雨作，解，君子以赦過宥罪。

【語譯】

雷雨交作，陰陽和暢，百物潤澤舒暢，是解的象徵。君子倣法它，赦過恕罪。

【釋大象傳】

解卦上震雷，下坎水。是雷動雨降，雷雨交作而陰陽氣通之象，君子有見於此，知修道者當陰氣結滯之時，須用武火加以煅煉，到了陽氣回復之時，宜用文火加以溫養，各有時候，不得有所差遲，因此在陰氣解散以後，赦過恕罪，順其自然，使它自消自化，而不容牽強、壓制。

人之有過有罪，都因順其後天、昧其先天，恣情縱慾，無所不至，因此才有克制的工夫。「克制」是改過消罪，以氣來化質而已，到了氣質已化，先天來復，道心常存，人心不起，罪過已無，克制工夫便無用了，「赦」是赦其過往之過，恕是恕其從前所犯的罪，赦免寬恕它是因正氣旺盛而邪氣自無，眞理在而假相不存，否則不知止足，仍以罪過爲念，是無過而招過，無罪又引罪，解而後又不解，陰氣尚在，陽氣不純，所謂「欲除妄想重增病，趨向眞如亦是差」就是這個道理。

爻辭

初六：无咎。

【語譯】

解卦的初爻：處解緩之初，能以柔爻安靜之道，安於下而不妄動，則無過失。

【釋爻辭】

處於至險之處，本身已柔弱無能，故不能自出，須安於位並親近有德之人，以藉他人的智慧，解自己的無能，即使本身有了過失亦能無錯。亦即柔借剛來解難也。

九二：田獲三狐得黃矢，貞吉。

【語譯】
解卦的第二爻：於田獵時捕獲三狐又拾得黃矢，自是吉也。

【釋爻辭】
「田」田獵也。
「狐」隱伏之獸。
「黃」爲中和之色。
「矢」箭的意思。

九二是以一陽居於二陰之中，雖剛但能柔，惟精惟一，允執厥中，如在田獵捕獲三狐又得黃矢，雖處於坎險之中，因能秉持中道，而險解也。

六三：負且乘致寇至，貞吝。

【語譯】
解卦的第三爻：乘坐越份的車輛，招來強盜，就是解事屬正，也難免羞吝之事。

【釋爻辭】

六三陽居陰位，不中不正，又不與上六相應，有如乘車又負物，易引發盜心起意劫奪，而損于己，是自招其禍也。喻愚而自用，妄想天寶，無道心而強制人心，以心制心，不但不能去人心，反而招人心，恃一己之陰，不求他家之陽，是修道者自取其辱之事。

九四：解而拇，朋至斯孚。

【語譯】

解卦的第四爻：解開大拇指牽繫的繩索，朋友才會來到，得到信任。

【釋爻辭】

「拇」為大指之意。

九四陽爻居陰位剛而不正，又應初陰，道心中有人心夾雜，不能成正果，大拇指能動不能行，應當解去人心，道心自來，陰陽和合才能相信，陰陽不和如何產生「信」呢？信貴有徵，驗證此道。

六五：君子維有解，吉，有孚於小人。

【語譯】解卦的第五爻：君子的災難得以紓解而君子得志，小人自然而然會退走。

【釋爻辭】「維」即繫縛之義。

「有解」言可解之機。

六五說明了當解難之時機來臨，須能善用九二、九四兩陽剛之德，必能解除患難。六五陰柔若能應乎剛，則有君子之德，而能行君子之道，一切均能轉險爲安，患難怠盡。道心之解與未解，可以在人心去驗證，人心化盡才是道心，若稍有一點人心，道心之難仍未解除，所以修道者，必使宥密之中，無絲毫滓質爲極功。

上六：公用射隼于高墉之上，獲之，无不利。

【語譯】

解卦的最上爻：有人曾射隼於高墉之上，射中而獲隼，自是一大利事。

【釋爻辭】

「隼」音ㄓㄨㄣˇ。猛禽之名，與鷹同屬猛禽類。

「墉」城牆。說文說：「城垣也。」

上六處於解卦之極，居震動之上，負有清除險難之最高任務，若能待時而動，則大吉。人心貪得無厭猶如隼鳥棲於牆垣之上必除之，弓箭是獵物之具，是人在射，君子平時即藏器（進德修業）於身，適時而用，必能掃除一切凶險得利。

解卦義疏

「蹇」止於險下，「屯」動於險中，「解」動於險外；然動於險外，是大難方解，去險仍未遠，因此處解之道，貴在知時，尤貴剛柔相當，不先不後，不急不緩，乘時而下手未有不獲利的。

初六：无咎。—是柔而借剛解險者也。

九二：田獲三狐，得黃矢，貞吉。—是剛而用柔解險者也。

六三：負且乘，致寇至，貞吝。—是剛而柔解險者也。

九四：解而拇，朋至斯孚。—是剛而被柔牽制不解險者也。

六五：君子維有解，吉；有孚於小人。—是點化群陰之解險者也。

上六：公用射隼，无不利。—是大公無私而解險者也。

因此處解之道，固然應用柔順和緩形勢，不無事而求功，但靜止不動又會養大難，有事宜速不宜慢。

乘時下手要快，未有不獲利的，但所以獲利處，總要知道要緊的西南坤位，唉！「藥出西南是坤位，欲尋坤位豈離人，分明說破君須記，祇恐相逢認不眞。」西南坤位，豈眞易知？

心得記要

損 ䷨ 兌上艮下 山澤損

【釋卦名】

損字小篆寫作損，說文說：損、減也，從手員聲。以手減數叫損。卦名叫損是專指損下益上而言，雜卦傳說：「損益盛衰之始也。」損卦是損下體的剛益上體的柔，卦體及卦理從泰卦來，泰卦三陰三陽保持平衡，彖傳說：「損下益上，其道上行」，即是損下卦乾體的九三去增益上卦坤體的上六，兩爻一對換，泰就變成了損。老子說：「爲學日益，爲道日損。」增一分學，則進一分道，而爲道在於減除慾望，欲望愈損，則道心愈堅，損之又損，以至於無，如如眞性，惺惺妙覺，損即益、益即損，所謂不增不減，本無一物。所以損益二卦，相綜相錯，都是一

體，由此可以悟出損益之理。

卦辭

有孚，元吉，无咎，可貞，利有攸往。曷之用？二簋可用享。

【語譯】

以誠信行即大吉，无咎。明白貞正之道，便利有所往。貫徹初衷前進，就像享祀之禮不在供物多少，只要心存誠敬，即便最簡約的二簋，也可以用來祭享。

【釋卦辭】

「曷之用？」是應該如何呢？「二簋可用享」是謂享祀之禮不在供物多少，只要心存誠敬，即便最簡約的二簋，也可用以享祀「上帝鬼信。」「簋」是用來盛稻粱黍稷的器物。享祀之禮，最多的用八簋，一般的用四簋，最少的用二簋。這比喻要損過而就中，把浮末的、有害的部分損掉，留下事物的根本、必要的部分，用享祀之禮最能說明損的道理。

本卦卦德上艮止，下兌悅，有所悅而即止之。止其悅而無妄念。卦體二五爻剛柔得中，虛實相應，剛而不至於躁，柔而不至於懦，滅其有餘，增其不足，這是損中有益的卦。爲損之道，是不順私慾而止其私慾，人多半不能誠信於中，不能誠信，有始無終，不但不得吉，而且致其咎。如有大誠信，起念便眞，信於其心，自能見之於行爲。尤貴在信之得正，損之得正。世間觀空守靜，忘物忘形，至死不變之輩，何嘗不是信於損，但信非所信，損非所損，有損無益，仍是不吉，仍是有咎。所以可貞於信，辨其是非，分其邪正，明於心而驗於事，有攸往而無不利了。但是有所往之，利雖利於信之正，損之正，尤貴在眞履實踐，有始有終，若不到從容中道之境地，工夫不可停歇。

卦辭用簋虛圓之物作比喻，二簋即二五剛柔之中，剛柔歸中，剛中有柔，柔中有剛，剛柔如一，二五之精，妙合而凝，還元返本，聖胎有象，由此享自在無爲之樂。

大象傳

山下有澤，損；君子以懲忿窒欲。

【語譯】

位在山麓的澤是損的卦象，君子見此卦象，應爲崇高的理，努力降低欲望。

【釋大象傳】

上艮山，下兌澤，是山下有澤，山在上澤在下，山遇澤浸潤而不亢，澤被山限止而不滿溢，損中有益，這是損的卦象。君子有見於此，知人的暴氣發而爲忿，私心起而爲欲，忿欲一生，蠱壞天眞，爲害最大。所以懲忿窒欲，務使變化氣質，情性和平，像山那樣穩穩當當，不動不搖而後已，塞窒欲望，消除妄想，心死神活，如澤水湛湛淨淨，無波無浪而後止。忿是阻道之物，欲是亂道之賊，忿欲若有絲毫不淨，縱使大道在望，未許成就。所以修道頭一步工夫，先要懲分窒欲，忿欲損去，從此下功，無阻無擋，前程有望。所以儒家教人以克己復禮爲要，釋家以萬法歸空爲宗，道家以煉己築基爲先，三教聖人，無非先教人去一己之忿欲而已。朱紫陽說：「若要修成九轉，先須煉己持心。」煉己即煉此忿欲，持心即持守其心，而不生忿欲。學者能在損眞之中，自反而損假，則不難修道了。

爻辭

初九：已事遄往，无咎，酌損之。

【語譯】

損卦的第一爻：損己利人的事情做完了就迅速離去，不居功勞這是旡咎的，應當斟酌損益，使不過或不及。

【釋爻辭】

「已」是竟、止，「遄」是速。「損」必須是損剛益柔，又損下益上。初九與六四是正應關係。初九損自己去增益六四，這是沒問題的，問題是初九是否因自己增益了六四而居功自傲，若能「已事遄往」，事情做完就迅速離去，不居其功，則旡咎。六四陰柔，依賴初九來補益，初九應當加以斟酌，適度地損己以益六四，不使過與不及。

九二：利貞，征凶，弗損，益之。

【語譯】

損卦的第二爻：利於貞正自守，不鑽營求進，不要勉強助人，才能使人眞正獲益。

【釋爻辭】

九二以剛居陰位得下體之中爲剛柔適中，不是剛有餘者；六五以柔居陽位，居上體之中，也剛柔適中，不是剛不足者，二者均適中就不要有損益，如有損益反而產生已不足而彼有餘，兩爻都失中了。最好的辦法是「貞」，如有所「征」，有所前行，則離中失正，必凶。「弗損益之」就人事而言：人處在損的九二這種時候，應貞正自守而不妄進，看來好像無益於君上和國家，而從根本上説，它自守不妄進，會造成尊德樂道的風尚，對國家帶來的益處往往更大。東漢的嚴子陵垂釣富春江，不給光武帝作官，似乎未給皇帝做出什麼貢獻，然而實際上貢獻極大，正所謂「桐江一絲，繫漢九鼎」，幫了劉秀的大望。這是「弗損益之」的一個最好例證。

六三：三人行則損一人；一人行則得其友。

【語譯】

損卦的第三爻：象徵三人同行，互相猜忘，其中必損喪一人；一人行進，可得協助者。

【釋爻辭】

六三與上九相應又是全卦的主爻。初九與六四，九二與六四，都就上下兩爻相應論彼此的損益關係，而六三和上九兼論一卦之義，所謂「三人行……」即是泰卦的下卦乾，減少一個陽爻，上卦增加一個陰爻，就變成損卦。在萬物生成發展過程中，追求的是一（太極），經由的是二（陰陽），沒有二便沒有一，二必發展爲一，二從哪來？是三必損一，一必得一，結果都是二。二自損益來，損益是自然界和人類社會的普遍性規律。

六四：損其疾，使遄有喜，无咎。

【語譯】

損卦的第四爻：減損自己的缺點和毛病，假使能迅速切除病根，可得痊癒之喜，无咎。

【釋爻辭】

「疾」是病，引申爲毛病缺點。「使」是假定。六四得相應的初九助益，就像治病，愈快治療，治癒的機會愈大，應當急速，在積惡不深之際，加以根治才會有可喜的現象，不會有災咎發生。

六五：或益之。十朋之龜弗克違，元吉。

【語譯】損卦的第五爻：或許會得到大多數人的支持，就是用價值十朋的大龜占卜，結果也會大吉。

【釋爻辭】「或」是不定之辭，來助益的很多，不能確指。「十朋之龜」是最值錢的元龜、大龜。古代以貝爲貨幣，兩貝爲一朋。朋是貨幣單位。古代貨幣種類不一，而單位稱朋的，只有一種。據漢書食貨志，龜寶有四品：第一品元龜岠冉長尺二寸，直二千一百六十，爲大貝十朋。六五以順居中而且處尊，與九二之陽剛正應，有人君虛中自損以順在下賢者之象。無論以多貴重的龜甲行占，全無凶兆，確實可得大吉。

上九：弗損益之，无咎，貞吉，利有攸往，得臣无家。

【語譯】

損卦的上爻：象徵能損但不行其損，反而以陽剛之道益於下，這是一條无咎得正得吉因而有利有攸往的道路，所以得到民眾的信服而四海爲家。

【釋爻辭】

上九以陽剛居損之終，損至於極點，應該變爲損了。這時對上九言，面臨兩種選擇。一是陽剛居上以損削於下，是一條得咎的道路。二是能損但不行其損，變而以陽剛之道益於下，是一條无咎得吉因而有利攸往的道路。上九選擇了最後一條路，居上卻能「弗損益之」，故能「得臣」，是說得天下人心歸服。「无家」是說歸服的人很多，不分遠近內外。也就是得四海歸心，四海爲家的意思。

損卦義疏

上經乾坤十卦之後而泰否；下經咸恒十卦之後而損益。所以泰否卦體來自乾坤，損益卦體又來自泰否，而泰否損益是乾坤的大用。損卦在闡釋損人益己的原則，用六爻來說明剛柔、尊卑、上下的損益之道。

初九：已事遄往，无咎，酌損之。——這是提醒損之須謹於初的爻辭。

九二：利貞，征凶，弗損益之。—這是說明不損也不益的情形。
六三：三人行則損一人；一人行則得其友。—這是指求益必用損的道理。
六四：損其疾，使遄有喜，无咎。—這是指損柔而求剛益的道理。
六五：或益之，十朋之龜弗克違，元吉。—這是指損柔而剛自益的道理。
上九：弗損益之，无咎，貞吉，利有攸往，得臣无家。—這是指行損益之道而歸於至善的道理。

通觀六爻，講述損的工夫，如同繫辭傳最後歸結的「言致一」，這是一個極其重要的課題，減損的工夫必須以誠信爲基礎，要求適度，而且量力，首先當考慮不損而益的手段；把握損有餘益不足的原則，至精至微，不拘成規，隨時變通，總以剛柔如一，止於至善無惡的境地爲極功。

益 ䷩ 巽上震下 風雷益

【釋卦名】

甲骨文益的本義是滿溢。𥁑，羅振玉說：「象皿水益（溢）出之狀。」金文和篆文大體相同。說文說：益是饒，是增量，豐饒的意思。人生應增加智慧德行，凡是理性如仁義道德，則應增益，凡慾望如聲色貨利，則應減少。象傳說：「損上益下，民說（悅）無疆。」這是針對政治上以民爲主的說法，下文說：「天施地生，其益無方。」是從否卦上乾的上九爻，施於下坤的初六爻之下，而構成本卦的震下巽上的益卦。

卦辭

利有攸往。利涉大川。

【語譯】

利于有所往，有所作爲；利於濟大難，圖大事，做大事情。

【釋卦辭】

別的卦說利往則不說利涉，益卦兼而言之，是由于益卦強調興利的緣故。「利有攸往」裡已含有「利涉大川」的意思，此處說利往又說利涉，意在告誡人們天下事往往有因主動爭取才可獲益的情況，一但遇上濟變的機會便當奮力以求，爭得有益的結果，切不可坐失良機。

本卦卦德上巽入，下震動。動而漸入，不急不緩而漸入，這是益中用損的卦。益是增加己所不足，但益善不是損不善，不能益其善而損其不善，至於益之又益，損之又損，直到益無可益，損無可損，至於至善無惡之地而後止，所以說利有攸往。

人自無始劫以來，千生萬死，罪積如山，孽深似海，輪迴種子，愈久愈深，現今想行有益性命之事，非先拔去輪迴種子不能濟事。輪迴種子那裡能遽然除去，當有火候，有工程，不可懸虛不實，須要循序漸進，步步出力，益道心，損人心，益正氣，損邪氣，益中有損，才能有濟，利有攸往是利在行出有益的事情而已，但行有益的事情，貴在有始有終，若有始無終，仍是行而不利，無益有損。所以有益利行之道，惟在專心致志，下一番死工夫，從艱難困苦中做起，消盡歷劫輪迴種子，才能復我本來原物，所以卦辭加「利涉大川」。大川非常危險，性命攸關，若極險之地能行，則凡無險之處，自無不利。卦德動而巽進，徐徐下功，不急不徐，即隨時隨地加減增損之道！

大象傳

風雷，益；君子以見善則遷，有過則改。

【語譯】

疾風迅雷，這是益的卦象，君子見此卦象，見善起而學習，有過失立即改善。

【釋大象傳】

上巽風，下震雷是風雷相合，雷動風生，風聲助雷，二者互相增益助勢的現象。君子有見於此，知想增益其善，不可不損其過，欲損其過，不可不益其善。益必用損，損以全益，則益而無窮，所以見善則遷，有過則改。人之生初，至善無惡，故善是人之本有，過是人之本無，因人昧於善所以有過，若見善即遷，遷而又遷，遷到無一行爲不善，而歸於至善；有過即改，改而又改，改到無一事之有過，而歸於無過了！遷善者能用剛；改過者能用柔。剛必如雷勇猛直行，柔如風徐緩漸進，勇猛自能入善，徐緩自能無過，剛柔相需，所以本有的仍還原，後起的能自化，益而至於至善無惡渾然天理的地位，改過遷善豈是小工夫呢？

爻辭

初九：利用爲大作，元吉，无咎。

【語譯】

益卦的初九爻：作大益于天下的事，唯有盡心經營達到盡善盡美得大吉與无咎之後，才是眞正的大有作爲了。

【釋爻辭】

易例凡說到吉無咎，意思都是說得吉而後可以無咎，這一條爻辭尤其著名。益卦成卦之義在於損四益初，所以初九是成卦之主，它的爻辭內容與卦辭內容意義同。問題是初九畢竟位卑處下，它作大事必須六四予以輔助，不能獨力進行。又必須把事情做得盡善盡美，得元吉，才可無咎。

六二：或益之，十朋之龜弗克違，永貞吉。王用享于帝，吉。

【語譯】

益卦的第二爻：或許會得大多數人的支持，就是用價值十朋的大龜占卜，也會因爲永守不變，常久貞固而得吉，王即使命他享上帝，仍當得吉。

【釋爻辭】

損卦的六五倒過來便成爲益卦的六二，所以兩爻的取象相同。益卦卦義是損上益下，是受益者。益卦六二稱「永貞吉」是因爲益的六二儘管居中而體柔，有虛中之象，容易得天下人來增益化，又有九五剛陽之應，但是特別有一個弱點，他以柔居柔，爻與位皆明，它若要獲慶吉，應要永守不變，常久貞固。「王用享于帝」是極大極嚴肅的事情。六二虛中柔順而能永貞，是受益之臣，王即使命他享上帝，仍當得吉，更不論其它了。

六三：益之用凶事，无咎。有孚中行，告公用圭。

【語譯】多花費在賑濟百姓的凶事，是沒有災咎的。懷著誠信，並且依中道行事，執圭行於途中，去求告公侯，這是合於禮的。

【釋爻辭】「用」是以。「凶事」是凶荒札瘥之年，官府守令開倉賑濟百姓。周禮大宗伯中，有「以凶禮哀邦國之憂」的記載。周代有這樣的慣例，當諸侯各國發生死亡，飢饉，天災，戰亂等重大事故時，就報告天子，並通知鄰國，請求援助。這一慣例，到春秋仍盛行，事見左傳及國語。請求援助的使者，通常都帶著圭或磬的禮物。禮記郊特牲說：「大夫拿在手上的圭，是為了表示守信。」圭用玉製成，方正有稜角，象徵守信。「告公用圭」，公是指六四，六四是近君的大臣。六三居下卦之上並非無位，但他不可專行，它要請求賑濟百姓，須向六四請示報告，獲得批准才可以開倉濟民。

六四：中行，告公從，利用為依遷國。

【語譯】益卦的第四爻：行中道而得到幫助。告命於公侯，得到贊同，可以受託付，連遷都的大事也能順利進行。

【釋爻辭】益卦六四恰當於損卦六三，反映損卦損下以益上的思想。益下，從政治角度說，莫大於益民，而在古代，最大最重要的益民舉動莫過於遷國。六四在卦中主益於下民，但他不在君位，做事不得自專，遷國大事尤須告公，請示君上同意。左傳隱公六年，「我周之東遷，必有所依。」古代諸侯遷國，或依王室或依大國，必有所依。無所依則不利，由於六四及六三在全卦裡居中，有中行之德，所以他能夠得到公的信從，支持。

九五：有孚惠心，勿問元吉。有孚，惠我德。

【語譯】益卦的第五爻：心存誠意被人信服，滿懷惠民之心，不用占問也大吉，民也以誠意回饋，感激他的恩惠。

【釋爻辭】

「有孚」是心存至誠爲人所信。「惠心」是惠民之心。「惠我德」是民惠我之德。九五以剛陽中正居尊位，又有六二中正與他相應，以如此之德、才、位、心存至誠地惠益天下之民，天下之民受他恩惠，能得元吉自不待言。

前一個「有孚」是九五孚於下民，後一個「有孚」是下民孚於九五。上下都有孚，上感而下應，上下相通。九五有一個至誠惠民的心；反饋回來，民則惠九五之德。這裡的心與德是一回事，在九五自己看來是心，自民的角度看這心即是德。損卦六五受下之益而得「元吉」，益卦九五僅僅有一個惠民（即益民）的心，未必已付諸行事，便得「勿問元吉」，元吉而勿須問，比單說元吉更高一個層次。這可說明周易已經有了重民的思想。

上九：莫益之，或擊之，立心勿恒，凶。

【語譯】

益卦的第六爻：沒有人支持他，反或許有人起來反抗他，這是因爲益下之心不恒久，反而損下，這是有凶災的。

【釋爻辭】

「立心勿恒」是說立益下之心無恒，「勿」是無。上九處在益卦（損上益下）的極點，本身又是陽剛，求益過甚而無厭，結果走向反面，不但不能受益，反而必遭損，沒有來幫忙他反而是有人來攻擊他。益下之心不恒久，反而損下這個道理應用到政治上，統治者對人民取而不與，侵奪之，刮削之，民心不僅不益他，還要反抗他。

益卦義疏

益卦闡明損己益人的原則。六爻之間凡應爻兩兩相對互為損益，我們可以從每一個爻位去探討並掌握不同的益人之時機：

初九：利用為大作，元吉，无咎。——這是指用剛而決心行益道的時機。

六二：永貞吉，王用享于帝。——這是指用柔而自然增益的情形。

六三：益之用凶事，无咎。有孚中行，告公用圭。——這是指用柔而勉強行益的情形。

六四：中行，告公從，利用為依遷國。——這是指無位者必須借人力而益人的道理。

九五：有孚惠心，勿問元吉，有孚惠我德。——這是指有位者不借人力而益人的情形。

上九：莫益之，或擊之，立心勿恒，凶。——這是指好強者，未益己而便想益人的情形。

通觀六爻行益道的原則，在修道未成，一定得先益己，到了修道有成，再去益人。益己益人各有其時，倘若不到己益之後，不可益人，但是益己益人總要先能損己之過而已，能損己過，不但可以益己，可以益人，而無往而不利了。

夬 ䷪ 兌上 乾下 澤天夬

【釋卦名】

夬字說文寫作叏，分決的意思，从又（手）、𠁣，象決形。它的本義是抉，象引弓姆指與食指相交之形，後代引弓用玉版爲觖。引申爲分判、排斥，進而指決斷。

抉字漢代通用作決，本卦彖傳：「夬，決也，剛決柔也。」下五爻是陽，上六爲陰爻，所以有陽排斥陰的現象。決字原爲水急流的樣子，而後人又借快字以代決速的決，九三君子夬夬、九五莧陸夬夬；夬夬便是疾行的意思。

卦辭 揚于王庭，孚號有厲，告自邑，

不利即戎，利有攸往。

【語譯】

五個剛爻要排除上面的柔爻；斷罪擅於弄權，正在君側用事的小人，應在朝廷中宣揚正義，用誠意號召眾人而又心存危懼，唯自戒者才能獲得大功。先治理自己的領地，但不可訴諸武力，否則將失自己固守的正義權威，應以一貫正義完成此道，斷然決行才是。

【釋卦辭】

本卦卦德健而和，和以行健，健而不猛；卦體一陰居於五陽之上，陽將純而陰將盡。都有以陽去陰的意思，這是以陽退陰的卦。

進陽退陰之道，是以正氣退去客氣，客氣為識神所招，想退客氣，莫若先退去識神。人自從交於後天，識神用事，酒色迷眞，財氣亂性，情慾俱發，思慮紛生，心君迷惑，習於性成，並非一朝一夕之漸，豈能斬然決去呢？必須從容行事，隨時下手，終究識神滅而元神復，人心化而道心全，重見本來乾元面目。但這識神是人心所戀慕的，想要退去識神，莫若先明其心，心若一明，則道心現，而識神易去，所以說「夬揚於王庭」。「王庭」，是心君所居之處，是分辨邪正之地，心明邪正，則心不被識神所迷，易於退去。但識神用事已久，根深權大，不可冒然下手，必須急緩得法，才能濟事。「孚號」是眞心實意，而聚集正氣，「有厲」是戒愼恐懼，來防邪氣。「告自邑」是煉己工夫，「不利即戎」是待時而動。既能聚集正氣，又能防邪氣，更能煉己待時，萬緣俱空，祇剩一識神，乘時而決，未有不利的。卦德健而和，從容不迫，待時下手，這是決陰的妙訣。

大象傳

澤上于天，夬；君子以施祿及下，居德則忌。

【語譯】

澤在天上是夬的卦象。天上的澤水找到出口，便可滋潤萬物，君子見此卦象，應施恩澤於下，謹愼小心，不貪私利。

【釋大象傳】

上兌澤，下乾天是澤上於天。澤之水氣上升於天化而爲雨，滋潤萬物，像天不自私，決澤下流夬的現象。君子有見於此，明白天有澤而萬物生；上有澤而下民安。因此施祿於下，使人人都霑其恩澤。但施祿於下是施德，施德而不知德，便能施之廣施之眞。猶如天無物不覆，無物不生。所謂大德不德，與天爲配，若知施德爲德，便自居其德，心中有私，施祿不久，不能算德，這是施祿者所最忌諱的。所以君子物我同觀，施德不望報，有德而不居，德日大，心日小，決去一切自滿自大之心，猶如澤在天上，降在地下，出於本然。

修道積功累行，行等等方便，利人之事，如施祿於人，只行方便利人之事，多半無眞心，或貪圖虛名，或圖利賄，或虛應故事，外似利人，內實不利，稍不如意，怨天尤人，本來無德而反居德，那算是利人呢？試看天之施澤萬物，豈望萬物有報呢？不望萬物有報，是天有德而不居德，天且不居德，何況常人之德，那裡能居呢？凡利益於人的，能傚法天之不居德，而德沒有不廣泛不眞誠的。

爻辭

初九：壯于前趾，往不勝爲咎。

【語譯】夬卦的初爻，邁步向前，銳意上進，但毫無勝算也貿然行動，就會招致失敗，受咎。

【釋爻辭】

凡爻辭說「趾」的，多在初爻，本卦初爻與大壯卦相似。夬五陽一陰，大壯四陽一陰，只差一畫。都是說初九以陽剛居乾體，本屬在上之物，而今身居卑下，不免使任壯往之氣，壯于趾或壯于前趾，銳意前進，去上除君側的小人，其實力量相去懸殊，必敗無疑。夬卦初九多一個「前」字，前進的意思更加重一些。「前」字在這裡作動詞用，「前趾」是說將腳趾向前邁，也就是前進。都是躁進的表現。說「往不勝為咎」是強調「不勝」，強調「為」是指出初九之敗實非時勢造成，完全是咎由自取。

九二：惕號，莫夜有戎，勿恤。

【語譯】

夬卦的第二爻：心懷驚惕而外孚號同志，戒備嚴密，小人乘夜暮低垂舉兵來襲，也不足憂慮。

【釋爻辭】

九二在夬卦六爻中是最好的一爻，完全符合了卦辭「孚號有厲，不利即戎」

那種強調君子決小人應時刻不忘危懼警戒的精神。「惕號」是處無事若有事，雖有小人陰謀，必無所伺隙。「莫」同暮。因爲能惕，所以勿恤，九二正當要將小人決斷的時刻，剛爻柔位，不會衝動冒進，應防範來襲，有所戒備。

九三：壯于頄，有凶。君子夬夬，獨行遇雨，若濡有慍，无咎。

【語譯】

夬卦的第三爻：若將決意呈現在表面上，凶。君子處在這種地位要果決的和小人劃清界限，特立獨行與小人和而不同，雖受到同伴的責難，但最終無咎。

【釋爻辭】

「頄」是顴骨。九三以剛居剛，居乾體之上，剛亢外露，心中想決去小人的意向，悻悻然表現在臉面上。其結果必凶。接下用「君子」二字開頭，是說「君子」處在這種地位即果決地與上六劃清界限，同時又「獨行遇雨若濡」，雨是指上六，上六是兌卦的主爻，澤上于天，故稱雨。君子應於上六不是出於本心，故稱「遇」。「濡」也是表面現象，不是眞濡，故稱「若」。君子看起來好像被上六雨給濡染了，與之同流了，其實是和而不同，君子「夬夬」之志堅定不移，別人不免誤解他，甚至「有慍」於他，但這是短暫的，最終必然无咎。

九四：臀无膚，其行次且，牽羊悔亡，聞言不信。

【語譯】夬卦的第四爻：臀部的皮膚受傷，步行困難，蹣跚行進。若能領導大眾便无悔，可惜不信忠言，優柔寡斷，招致惡果。

【釋爻辭】「次且」即趑趄，徘徊不能前進的意思。「九四」陽爻陰位，又不在中位，象徵心中遲疑，坐立不安，就像屁股上皮膚受傷，坐立不安，進進退退，遲滯不前。又上卦「兌」是羊，牽羊的要訣是跟在後面，讓羊自由自在的走在前，如果前面拖拉，羊就不會前進。所以要像牽羊一般，不可爭先，跟隨其他的陽爻前進，才不會發生後悔的事情。不過處在決心決斷小人的時刻，無論如何容易衝動，聽到忠告，恐怕也不會相信。

九五：莧陸夬夬，中行无咎。

【語譯】夬卦的第五爻：在陰濕的地面上長出繁盛的馬齒莧，應該儘快拔除，守剛健和悅的中道才免於咎。

【釋爻辭】「莧陸」是馬齒莧，一年生草本植物，它的特點是感陰氣多而柔脆易折。「莧陸夬夬」之象，說明九五切比於小人上六，受陰氣的影響很大，作爲決陰的主爻，竟與衆陽要決的小人關係密切，有咎是當然的，但九五剛陽中正居尊位，唯有行剛健和悅的中正之道才能无咎。

上六：无號，終有凶。

【語譯】夬卦的最上爻：不必哀號了，不會有人理會的，終究難逃凶險的命運。

【釋爻辭】

上六陰爻，是要被決斷的小人，在被窮追不捨的情形下，就是大聲求援，也不會有人理會，最終難逃凶險。陽長到了極點，陰消到了盡頭，正是眾君子得時，小人失勢之際，小人被消盡的形勢已定。

夬卦義疏

夬卦闡明鏟除邪惡小人的原則。下卦乾體三爻都偏重在用剛能斷決，上卦兌體二爻都偏在用悅難斷決，引出一卦的六爻之義：

初九：壯于前趾，往不勝為咎。——這是剛而不謹於決陰的情形。

九二：惕號，莫夜有戎，勿恤。——這是剛而能緩於決陰的情形。

九三：壯于頄，有凶。——這是指剛躁太過而求速於決陰的情形。

九四：臀无膚，其行次且，牽羊悔亡，聞言不信。——這是指剛被柔所傷，不知決陰的情形。

九五：莧陸夬夬，中行无咎。——這是指剛被柔所牽制，勉強決陰的情形。

上六：无號，終有凶。——這是指陰氣悉化，陽氣純全的情形。

通觀六爻決陰的原則，不可太剛，也不可太柔，必須剛中有柔，柔中帶剛，漸次而決，進一分陽而退一分陰。陽氣進全，陰氣自然化除，倘若不知急緩運用，求速進速成，反而助長陰氣，有傷於陽氣，陰氣終不能退，所以退陰之道，仍須要深明火候。

姤 ䷫ 乾上巽下 天風姤

【釋卦名】

姤字據經典釋文引薛氏注說：「古文作遘，鄭（玄）同」。爾雅釋詁：「遘，遇也」，就是交遇的意思。詩經鄭風野有蔓草：「邂逅相遇」，釋文說一本作「逅」，逅是在道路上相遇，姤則是男女相遇。姤卦是陰始交於陽，也是陰柔侵入陽剛的形象。易經之理，無非陰陽相遘相交，以陽爲善爲寶，故陽始交於陰曰復，復是陽復始，陰爲惡爲卑，故陰始交於陽曰姤，姤是陰始凝，復姤二卦是變化之始；夬剝二卦是變化之終，合此四卦叫作：「大明終始」。

卦辭

女壯。勿用娶女。

【語譯】陰長陽消，陰將盛長壯大，這是「女壯」的表現，不要迎娶。

【釋卦辭】本卦卦體一陰而入於五陽之下，五陽而遇一陰，所以叫姤，姤是不期而遇，這是告誡防陰保陽的卦。

陽極而後一陰潛生，陽氣受傷害，這是造化順行後天之道；而能借陰全陽是聖人逆運先天之學，如本卦二五，剛而得中，通權達變，剛中有柔，柔中有剛，可以出入於陰陽之中，而不被陰陽所拘。

大象傳

天下有風，姤；后以施命誥四方。

【語譯】天下風吹，無方不到即是「姤」的卦象。君主見此卦象，應普遍施行政令，布告天下。

【釋大象傳】

上乾天，下巽風，是天下有風。天造萬物而不能鼓萬物，得風之吹拂，而萬物莫不興起。這是天借風而遇萬物姤的卦象。君主有見於此。知天與萬物相遠，不易相遇，經過風的吹拂，不遇的便能相遇，居上者與下民相遠，不易相遇，有命以誥，不遇的也能相遇，所以施教化之命，誥於四方，四方甚遠，風俗不一，那得人人而感化？惟有施命則人人遵其所命，遠近感化，猶如天下有風，無方不到，無物不入。

「后」象徵天；「風」象徵命，風所到之處，百物興起，命所到之處，萬民感化。聖人教人之道亦同此理，后誥四方有命，聖人教後世有經書，以經書留給後世，學人聞之鼓舞，見之惕厲，才使百世之下莫不興起，與聖人相對晤，豈是當時四方而已？君后和聖人，無物不愛，無物不感，都是執天行的人。

爻辭

初六：繫于金柅，貞吉。有攸往，見凶。羸豕蹢躅。

【語譯】

姤卦的第一爻：用繩索繫牢金子做成的剎車器，要設法制止車子行動，才可因貞靜得吉。若有所行動，必然見凶。瘦小的豬不斷的徘徊，伺機逃脫，不可不嚴密戒備。

【釋爻辭】

初六是姤卦之主，姤卦之所以爲姤，就在這一爻。卦辭講「女壯」是就全卦而言，此爻講一陰如何微弱，所指只初六一畫。爻辭是強調陰雖處在微弱之際，它是要漸長的，君子此時要注意設法制止它，不使它向前長進，一但它壯大起來，就不能制服了。全部爻辭分兩截說：「柅」是止車之物，即車的制動器，柅是用金子做的，制約的效果可說是百無一失，加上用繩索繫牢，車子是不可能任意行動的，初六一陰生在下，力量微弱，最易被人忽略，任其發展下去，將來危害必大，君子察之在先，及早防範，可得「貞吉」，是靜止吉不是正吉。

爻辭下一截，是講假如君子不「繫于金柅」而「有攸往」，任初六一陰前進，則必「見凶」。最後一句用豬的形象和行動比喻初六，進一步告誡「羸豕」是瘦小的豬，將來必肥壯，「蹢躅」是不斷的徘徊，伺機跳躍，乘機前進，不可不嚴密戒備。

九二：包有魚，无咎，不利賓。

【語譯】姤卦的第二爻：能夠包容制約初六的小人，无咎。不利於外人，外人得不到魚了。

【釋爻辭】《易》凡稱包，都指陽包陰。「蒙」的包蒙，「泰」的包荒，「否」的「包承」、「包羞」、「包桑」，義同此。

九二陽剛居中與初六親比，可以制陰，也能夠包容陰，就像用「包」（指茅草做成的草袋）把魚（是水中之生物，屬於陰）給包起來。使得小人的禍害不會擴散開來，所以无咎。「賓」指其他的陽爻，如果不制止，使小人與賓客接觸，難免被勾引，墜入圈套。

九三：臀无膚，其行次且，厲，无大咎。

【語譯】

姤卦的第三爻：臀部的皮膚受傷，步行困難，蹣跚行進。雖然危厲卻无大咎。

【釋爻辭】

這一爻爻義與夬卦九四大體一致。九三過剛不中，處在進退兩難的地位，以致坐立不安，趑趄不前。不過不能與陰柔相遇，也不會受到小人的傷害，所以說，雖然孤立无援，有危險，但不會有大難。

九四：包无魚，起凶。

【語譯】

姤卦的第四爻：包在苞內的魚消失了，這是凶事的根源。

【釋爻辭】

本爻與夬卦九三爻義相似。夬九三當決陰之任，卻「壯于頄」，恃剛壯而怒形於色，本爻當制陰之任，卻「包無魚」疾惡小人而遠離小人，兩爻都缺乏包容的度量，更沒有制服陰柔小人的好辦法，所以一個「有凶」，一個「起凶」。起凶，其實就是生凶。

九五：以杞包瓜，含章，有隕自天。

【語譯】姤卦的第五爻：用木高葉繁的杞樹包住在地上的瓜，含蓄不露，不動聲色，靜以待之，總有一天會瓜熟蒂落，小人像隕星墜落，自行掉落。

【釋爻辭】「杞」是杞柳，生長在河邊，柔軟而茂密。「含章」是將文采隱含于內的意思。九五剛健中正，在君位，是主爻，能包容小人。瓜匍匐在地上，屬於陰，甜蜜但易腐，用來比喻機巧、諂媚，易腐的小人，九五用自己的美德包容，冷靜的防範小人擴張，當不利小人的時機到來，小人便隕墜剝落。

上九：姤其角，吝，无咎。

【語譯】

姤卦的最上爻：碰到堅硬的犄角，雖有吝，无大害。

【釋爻辭】

角質堅硬，又在頭的上方，這是借物象去説明上九以陽剛居姤之終。姤與夬相反，夬卦初九「壯其前趾」，姤卦上九「姤其角」，都距陰爻最遠而無比應關係無法相遇。在柔遇剛之時上九不能與柔相遇是鄙吝的事，但不與柔相遇則陽剛不能被陰所消，所以無咎。很像一個隱士，世上出了亂子，既不能救，也不問世事，沒有功也沒有過。

姤卦義疏

姤卦在闡明防範邪惡小人的法則，夬極一變而爲姤，由陰消陽上轉向陰長陽消。在陰長陽消的過程，剛與柔相遇，鄰近能相遇，遠則不相遇，相遇應知道危厲，不相遇則求遘遇，六爻所表現的時義是：

初六：繫于金柅，貞吉。有攸往，見凶。——這是指一陰潛生，力足敵五陽，告誡愼防陰於始的情形。

九二：包有魚，无咎，不利賓。——這是指剛以柔用，防陰於未發之時。

九三：臀无膚，其行次且，厲，无大咎。——這是指剛而自恃，防陰於已發之時。

九四：包无魚，起凶。——這是指剛而失守，不知防陰而受傷的情形。

九五：以杞包瓜，含章，有隕自天。——這是處在姤時，以人力回天，陽氣不傷，陰氣自化的情形。

上九：姤其角，吝，无咎。——這是指剛而高亢，不知及早防陰而終傷的情形。

通觀六爻，有的知道要防陰，有的不知道要防陰；有的及早防陰，有的遲於防陰，能夠及早防陰而使陰不能生的惟有九二，能夠以陽去統陰，使陰氣自消自化，得其中正之道的，惟有九五而已，防陰得中正之道，用六而不被六所用，借陰保陽之道豈不是在此嗎？

心得記要

萃 ䷬

兌上
坤下

澤地萃

【釋卦名】

萃字從「卒」得義。卒在宋本及御覽韻會玉篇謂：「人也。」而說文解字則說：「隸人給事者爲卒……。」段注曰：「卒者、主擔、幔、弩、導……。」因此卒字在古時爲差役如走卒、爲士兵如兵卒之義。而萃字卒又在艸下，草兒像兵卒般、齊聚一起。故易傳曰：「萃、聚也。」而易經也因此取爲卦名。

卦辭

萃，亨。王假有廟，利見大人，亨，利貞，用大牲吉，利有攸往。

【語譯】

萃卦，亨通。王到宗廟祭祀，以求獲福。利於參見大人，這是亨通的，不過要利於守正，用大的犧牲來祭祀，宴聚賓客，吉祥。可以利有所往。

【釋卦辭】

卦德上兌悅，下坤順。我順人而人即悅故謂萃。此乃攢簇藥物之卦，人自有生以後，性相近，而習相遠，忘其本眞而逐於外假，心神不定，精氣耗散，並非馬上能收攝之，而貴在以順爲體，以和爲用，循序漸進，火候不差，專心致志，愈久愈力，自然已失去的可返還，這就像王者到宗廟祭祀祖先，祖先爲人之根本也，所以王者至宗廟祭禮祖先，只是在使人人應知當報根本。人之本來得天之眞，如得根本於祖先般，人之棄眞認假，如同忘卻祖先根本。人能收斂神氣，修持性命，復還本來得天之眞，就如同不忘祖先之根本一樣，王者不忘根就能聚合天下之人心，修道者不忘根本，就能攢簇性命之大藥，但此不忘根本之事，須要大人行之，並非一切不知性命之小人能行的。大人者，正己而正物者也，正己則無我，神氣不散，以正治己，己正物則無人心，氣質俱化，以正爲物，正己正物，內念不生、外物不入、內外一正，仁義禮智本於信，金木水火，俱歸於土，先天疑聚，後天悉化，性定命凝，而這聚合正之享通，難道是小人能行的嗎？所以天之所以賦命於人，只是正字而已，而人之所應回報於天者也應是一正字，以正來回報天，即不忘根本，如同用大禮祭拜於天，那有不得天之賜吉的，然而用大禮來獲吉之道，並不是空空一念，便能了事，須要腳踏實地，一步步行去，方能成功，若知而不行，猶如不知，何能得吉？故利之攸往，知之貴於實行。

大象傳

澤上于地，萃，君子以除戎器，戒不虞。

【語譯】

萃卦爲人物薈萃之象。君子觀察此象，來除治戎器，用以戒備不測的事故。

【釋大象傳】

「萃」是聚的意思，上兌澤下坤地，是澤上於地，澤在地而上於地，凡地本之物，莫不得其滋潤，而都榮旺。但澤水有限，潤物不久，物有時榮旺，有時則不榮旺，這是萃的現象。君子有見於此，知修道者，終其目標在於五行攢簇，還元返本，一切後天之物，都順聽其命，若不知防危慮險，即使久聚的五元五德仍將散去，有得而復失之患，此即君子所謂除戎器以戒不虞之義。除是修製義，戎器是慧器。慧器，即神明默運之功，當先天五元五德凝聚，已不爲後天五物五賊所傷，歷劫輪迴種子也必將消失殆盡。如此方能性命堅固，倘有一點宰質未盡，日久之後天之物慾濁氣又發，先天渾然一氣仍會散去，這就是戒備之功不可缺的原因，故能除戎器，戒不虞者，則先天主人公常在，性命至寶不傷，久而先天陰陽兩氣渾化，有形肉體無形精神妙合，與道之本眞合而爲一，成爲金剛不壞之物，此實爲保萃之道，君子能不寶貴而善養嗎？

爻辭 初六：有孚不終，乃亂乃萃，若號，一握爲笑，勿恤，往无咎。

【語譯】 初六和九四是相應，本有誠信來相從，但三陰聚處，柔弱無守正的節操，所以不能有終，於是惑亂他的心，而與他同類又安聚，若能呼號正應以求陽，握手合一，破涕爲笑，不用憂慮，果敢前進，不會有過錯。

【釋爻辭】

萃卦因兌卦有兩陽在外卦，陽與陰匹配，九五與六二為正應，所謂剛中而應也。九四與初六，亦相應而非正，因在下非正位，不得承順九五天命，所以他的匯聚是悖于正道的亂聚，即所謂「乃亂乃萃」。

初六陰柔無斷，不辨是非，或信此，或信彼，乃亂乃萃，信非所當信，聚非所當聚矣，所幸正應九四，若能知亂萃無益，自悔悲號，親近眞師，一經握引，暗中指點，則道不遠人。人因為修道而遭人隔離，被人譏笑，先號後笑，直下承當，不必憂恤，應即時往行而攢簇五行和合四象，何患不到無咎之地？故此乃改邪歸正之萃也。

六二：引吉，无咎，孚，乃利用禴。

【語譯】

六二陰處中正，應五而雜於二陰間，必定牽引以聚，是吉而無咎。又柔順有誠信，就可不用文飾，只用簡薄之物，即可為祭祀，所以至誠儉約而聚。

【釋爻辭】

「禴」是簡單的祭祀，殷代的春祭，周代的夏祭。六二爲坤順之主，柔中得位，雖陷二陰爻的包圍之中，但有九五的援引，才能相聚，吉而無咎。

卦體之六二居於三陰之中，一身純陰，若能順其所欲，逐漸導引正道，悉化其後天氣質之性，凝聚其先天眞如之性，即使用微薄之祭禮祭神明，也因自身之至誠，感而遂通神明，開始或有災難，最終也必無咎，此柔而守正之萃也。

六三：萃如嗟如，无攸利，往无咎，小吝。

【語譯】

六三陰柔不中，應於上六，兩柔相敵不能合聚，所以嗟嘆不得志，上往順從九四、九五剛柔合聚，雖有「小吝」但並不傷大體。

【釋爻辭】

「萃如」是要相聚的狀態，「嗟如」是嘆息的樣子。卦體之第三爻，與二陰聚處，不當位而有躁進之情，不自安於下，小人所以長戚戚也。但六三得九四之引介，更易與九五萃，九五乃正位，君臨天下，六三雖吝、而終往也，雖無利，亦無咎，故爻辭言其往无咎。

必自怨自艾，可知其實在沒什麼益處。所幸眞賢士遠遠在望，假如往而與之相聚，借彼之剛濟己之柔，也可以免去嗟嘆之咎，但如不能及早聚正於人，等到已受其害再相聚，難免就有些可惜了。所以初三之爻爲柔而借剛之萃也。

九四：大吉，无咎。

【語譯】

萃卦之第四爻，當萃聚的時候，上比鄰九五，下近比於下體群陰，自然相聚，聚之不勞心力，雖四陽居陰，不是正位，然時位自然，唯得大吉而後才能無咎。

【釋爻辭】

卦體之九四爲外卦之始，爲兌之初，而與下六三、同屬人爻，以陽履陰，而剛柔失位，在卦以萃爲用，九四近于九五正位，如大臣之在君側，亦人民所仰重，故雖非正位，而有大吉。

九四之爻，剛而能柔，陰陽相當，還丹凝結，大丹望之可見，不但此萃聚之象，終必如意而大吉，而歸于一無所咎之境矣，此爲凝結還丹之萃也。

九五：萃有位，无咎。匪孚，元永貞，悔亡。

【語譯】

萃卦之第五爻，居尊位而不失其尊，故可无咎，若有未信服歸附的人，就當反躬以修其至善，永固的德性來感化，就可無思不服而无悔了。

【釋爻辭】

九五，外卦之中爻，爲全卦之正位，與六二孚于乾坤主位，而成正應，此萃之本在于位，位正則萃，不正則亂，所以初六亂萃，以其不得萃于九五正位也，九四雖陽爻且近于九五，而以其位不當，亦不能孚眾萃，然九五固有位，而非乾九五飛龍在天之象，以四陰包束，如群小環伺，則位尊易危，此有位而眾所萃，亦非都是信服而歸附之人，故必不能光大以施教。惟以九五之位尊，而備元永貞之德，外悔內貞，則可无悔。

九五之卦爻，剛而中正，屬上智不移之人，居正位而凝聚性命，無修無證，更不須任何作爲。五行和合一氣，本來就無任何過錯，然而雖屬無咎，但居於悅體，自滿自盈，信所非信，終必後悔，假若知道實其復，而又虛其心，行無爲之事，溫養自性聖胎，永遠貞靜如一，用天然眞火去煅煉，盡除後天餘陰，就可號稱無漏眞人，如此又有什麼後悔的呢？所以九五此爲溫養聖胎之萃也。

上六：齎咨涕洟，无咎。

【語譯】

萃卦之上六在萃聚之終，陰柔無位，求萃而人不與，實到了咨嗟難氣泣涕之境也，但以上居陰得正，故無咎。

【釋爻辭】

「齎咨」是悲傷的怨聲；「涕」是流淚；「洟」是流涕。萃卦之卦體三陰萃於下，二陽萃於中，上獨孤處而無人相萃聚，孤立無援，至於涕泗滂沱之象。

上六之爻辭，愚而無知，誤入旁門走道，認假爲眞，雖然天寶望之可得，卻未能聚於我身，一世空空如也，到死方才後悔莫及，涕泗縱橫，直嘆唏唏，自己招致傷害，不能怪別人，所以此卦爲始不謹而終凶之萃也。

易之萃卦旨論人間聚合之道，「萃」，聚也，人類一天天都走向更密集之聚合時代，是一種必然的趨勢即使不想聚合也得聚合，而太極有陰陽兩儀，在天有陽必有陰，在地有剛必有柔，在人有君子必有小人，陰所以養陽，柔所以保剛，小人以受教君子，物以類聚，陰能安於其類，陽能自居聚於所居之地，陰亦有所聚，陽亦有所聚，人聚則易辭，所以一種大的聚合，又必有偉大才能學養的人，方能治之。

而修道者在其修道過程，終有許多外假與眞如之聚合，如何去假認眞，修持性命，全在萃卦中論述之，

初六：乃亂乃萃。—是改邪歸正之萃也。

六二：引吉，无咎。—是柔而守正之萃也。

六三：萃如嗟如，往无咎，小吝。—是柔而備剛之萃也。

九四：大吉，无咎。—是凝結還丹之萃也。

九五：萃有位。—是溫養聖胎之萃也。

上六：齎咨涕洟，无咎。—是始不僅而終凶之萃也。

萃卦說明群體的結合法則，君主與臣民的相合聚，引申則天地以氣合，萬物以類聚，陰陽相和，剛柔如一，就能和諧樂利，開創光明，通觀萃卦六爻中全無一凶辭，而其中的變化，各有所萃，是非邪正各有不同，惟有九四入室養賢，超

了性命；九五虛心實腹，終至於無漏眞人最能窮盡性理，唉！能夠眞正瞭解「金蝦蟆」、「玉老鴉」爲何物的人，才是方家。

心得記要

升 ䷭ 坤上 巽下 地風升

【釋卦名】

升字，甲骨作[illegible]（甲一九九），金文作[illegible]（友簋）。說文說：升、十合也，從斗象形，指其形似斗而旁有耳的量器，所以升即量米的升，借爲升降的升。詩小雅云：「如日之升」。易經中的升字，都作登字，上字，進字之義。如升虛邑、升階或上進義，如允升、冥升。登是祭祀用的籩豆，祭品進於神前叫登，蒸氣上升，以祈神享用，故升登通假爲用，儀禮覲禮有升祭是登高山而祭。

卦辭

升，元亨。用見大人。勿恤，南征，吉。

【語譯】升，有亨通。用巽順剛中的道理來見大人，不必憂慮，往南前行，是吉利的。

【釋卦辭】

「升」是自卑登高之義。卦德上坤順，下巽入。徐緩進步，順天時而行，不即不離，漸入眞常，所以叫作升。這是謹愼火候的卦。金丹大道，其陽未復，先順其陰，陰若一順，則人之慾望不再生，正念就可常存，循序漸進，不疾不緩，就可以從無到有，自虛到實，下學上達，可以明善復初，如此就可達無災無難之境地。所以升卦，有元亨之道存焉。但是有元亨之道的升，乃是竊奪陰陽天地造化之功，超凡入聖之事，其中火候細緻而微妙，工夫悠久而長遠，並非一切妄情猜忌私自議論，盲目修煉者所能行，必須眞師口口相傳心心相授，眞知灼見，才能一直向前行去，無所阻擋，所以用升之道，利於見大人。既見大人而後用，則窮理盡性之眞藥物火候就有準頭，就可以不用憂慮，向光明遠行，走一步有一步之進益，修一日有一日之功，自卑登高，由淺及深，終究進于聖賢之境界，如此能說不吉嗎？

大象傳

地中生木、君子以順德，積小以高大。

【語譯】草木生在地中，長而往上升，是升的現象，君子觀此象，用以順其元善之德，積小行而成高大。

【釋大象傳】升卦有增升義。卦德上坤地下巽木，是地中生木之象，木自地中而生，逐漸露出地面。君子有見於此，知道人之所以不能高大其德，悖在於不能順其柔順之德，而悖亂常德捨近而求遠，心中常懸虛而不實，永遠無增升之日。累積的工夫，是漸次漸行的，善小是大德之根由。順著天時天理，就是所謂順德，如能順其德，防危杜漸，戒愼恐懼，小善必爲，即使微小惡習也必除去，愈久愈力，工夫不缺，日積日多，從小而逐漸至高大，就如同地中生木，開始時是在也中蟄伏，漸漸突出地面外，又逐漸幹立而枝葉茂盛，又逐漸長成高大成材，高大之材，又豈是一朝一夕之功夫，一切學道之人，不肯向下落實工夫方才進步，便想成道，未曾入門，就想入室。如此存心，是不順其德而順其欲也，而那些能到達崇高偉大之處的人，即明瞭升之道，卦象坤巽合成，自漸進之工夫而柔順其行，所謂深入研究而有得者，要訣不在這裡嗎？

爻辭

初六：允升，大吉。

【語譯】

卦體之第一爻：信而不疑的追隨志同道合的前輩，才會順利。

【釋爻辭】

「允」是信、誠，信則不見疑。「初六」陰爻柔順，在最下位，是下卦巽的主爻。巽是順，順從上面緊接的二陽，無任何障礙，得「柔以時升，巽而順」的卦義。

初六性柔志剛，虛心自下，親近有道之士，而高明的前賢大德，未有不允許其升進的，無不親授其眞，此爲柔而順剛之升也。

九二：孚，乃利用禴，无咎。

【語譯】

升卦之第二爻：陽剛在下，五陰柔在上；五雖陰柔，然居尊位，二雖剛陽，事上仍須至誠，當內存誠敬，所以說利用簡質的祭祀，就得無咎。

【釋爻辭】

升卦之九二爻辭，與萃卦的六二相同，但意義不同。萃以六二對九五，爲柔中之臣應剛中之君，九五不疑六二，六二切守爲臣的中正之道，不主動上升，與九五相聚，必等招引而後往而無咎，所以先說「引吉」「無咎」。升以九二對二五，爲剛中之臣應柔中之君，九二又積極要求上升不等候招引，當君臣強之時，六五未免疑慮，在這種情勢下，唯「孚乃利用禴」，可以得無咎，即九二不能急上升應六五，只有等待六五「孚乃」而後再上升，乃是而，指九二。

九二卦爻，剛而有得於性命之中，深明窮理盡性藥物之火候，以至誠來引入，以柔順之道爲用，循序漸進下功夫，如同以簡樸之祭禮來祭祀神明，用誠敬來感動神明以通人意，如此之升必至一無所咎之地，此剛而用柔之升也。

九三：升虛邑。

【語譯】

升卦之第三爻：升入坤體如同進入無防禦之地，沒有任何阻礙。

【釋爻辭】

升之上卦爲坤，坤土稱邑。九三與六四同爲中爻，一剛一柔，孚于既濟之象，原吉爻也，而不言吉凶之緣由，則升卦兩陽比鄰於內，三陰在具外，剛以進於柔，雖曰升，而情勢反由實而虛，由高而下，故曰升虛邑，其禍福未可知也，存乎其人而已。

九三剛毅，一心升進，自認聖之雄，不知尋訪眞師益友，妄自猜疑私自議論，貿然前進，欲向前去，反落於人後，就如同於升無人之境，看似無所阻礙，實爲難入高明之地也，所以此修道者當自惕也，此爲不知求師之升也。

六四：王用亨于岐山。吉，无咎。

【語譯】

升卦之第四爻：以柔順處也，昔者文王之居岐山之下，上順天子而欲致之有道，下順天下之賢，而使之升進，自己則柔順謙恭，不出其位，至德如此，周之王業，因而得享，所以吉而無咎。

【釋爻辭】

「王」，指文王。「亨」同享，祭享。岐山，在西周首都的西方。殷的末世，紂王無道，文王雖三分天下有其二，仍服事於殷，只祭享於西山而不稱王去祭天。

升卦之第四爻，外卦之始，爲坤卦爻，以卦進而上，所至之處益高，此升之義也，九三升虛邑，係陽進陰之象，六四享岐山，則下而至高之情，稱王者，二四同功，九二正位，而六五六四近鄰，四雖无位，而九二至此，爲升于高山之象。六四與九三共成既濟之用，而由陽進于陰，亦即內進于外，坤德至順，柔行至安，安且順更何不吉，坤以承乾爲志，九三九二之道，均于六四六五成之，此升之大用，皆以陰能順陽，柔能從剛爲本，此四五爻皆吉，且皆其升進之功也。

六四之卦爻柔而能守正，順天時以求進步，鍛煉修持自己身心，自卑微之處而登高，漸入佳境，如文王處升進之道，而享於歧山，那有不升至至高至上的道理呢？此吉而无咎之升也。

六五：貞，吉。升階。

【語譯】

六五柔順居中，當升進之時，它有守正獲吉、上升高階的象徵。

【釋爻辭】

古代賓主相見之禮，必須三揖三讓才可登台階，而後升堂入室，所以「升階」是說六五歡迎九二上升。

六五屬外卦而居正位，而柔居中，爲坤六五之德，坤順之主，沒有自尊之意，因貞正自守而被陽所樂推，九二與之正應而延請上升。先言吉後言升階，因六五柔順爲志，不自以爲升而忘己，故吉，而升階。

六五之卦德，已知虛人心，而求道心，虛心即能實其腹，所謂一念已回正機，如同根本已獲得，其增益道德，就如同升階一樣容易，這是柔而虛心之升。

上六：冥升，利于不息之貞。

【語譯】

升卦之第六爻，有昏暗一味升進的現象，要不停的堅持正道，就能有利。

【釋爻辭】

升卦之上六爲全卦之終，坤的上爻，陰極之象。冥，是幽暗，陽叫「明」，陰叫「冥」。上六以至極陰之位，无光明之時，而冥升之義，則猶如夜行之意，暗中貿進，非常危險，既至幽冥，則不宜強進，故爻辭以不息爲利。貞著，靜也。乃四德之末，坤之道，貞以爲守則宜，進則悖，上六外之極位，惟有以不息守貞，方纔有利。而上六之用既窮則既窮則變，變則復于下而爲初，初六柔，則所利者，惟從內之貞而返于始，所謂不息，說明升至極反爲降，進至修反爲退，此上六冥升之道，貴在順時之消，而不要進益。

上六之卦德，愚而剛愎自用，執著一己之陰，癡心妄想增升其德了卻性命，升而不知止，冥而不知守，愈升則愈加幽冥，怎能走出晦暗之地進入高明之地呢？若想升而不冥，必須求眞師，求口訣，利於不息之貞，懲窒忿怒和人慾，時時心存至誠，愈久愈力，亦可升於明善復初。這是柔而歸正之升。

升卦義疏

易之升卦旨在以辭明人道也，無論古時亦現代，都有其人生啓導之作用—積小以高大，下學而上達。

君子在進德修業的過程中，增益其德，也惟在升卦之六爻辭之變化中，視出端倪，悟得如何才時眞正的高升，升於何時？息於何時？

初六、允升、大吉。—是柔而順剛之升。

九二、孚、乃利用禴，无咎。—是剛而用柔之升。

九三、升虛邑。—是不知求師之升。

六四，王用享于歧山吉，无咎。—是吉而無咎之升。

六五，貞、吉、升階。—是柔而虛心之升。

上六、冥升，利于不息之貞。—是柔而歸正之升。

晉和升兩卦都論上升的道理，意義不同。晉卦坤體在下「柔進而上行」，柔爻都可以上升；升卦坤體在上，「柔以時升」柔爻可升則升，不可升則不能升，所以坤體的三柔都不能升，只有初六才可以升。

升卦的卦象爲「地中生木」，所以下卦巽體三爻都可以。升之理，但必須循序漸近，不可急於上升。通觀六爻之義，初六最得卦義而上升「大吉」；九二只有六五孚信之後才能上升，九三上升無所掛礙，但是卻不得法。

六四以順爲事，不升君位而得吉；六五柔而虛心，迎九二升階，貞吉；上六不可升而「冥升」要出晦暗進於高明，則利於不息之貞。

剛柔的升降都要順乎條件而入於事理，居下可升，居上難升，升極反降，因此晉、升兩卦均上升，而坤體所處的地位與條件不同，意義便有不同。

總括「升」的道理，是卦德巽而順行，外柔內剛，以剛道而行柔道，循序漸近，不急不緩，深造自得，未有不躋聖賢堂奧的，但是火候秘訣，要眞師口傳心授，象傳記：「用見大人，勿恤南征，吉」可以窺知一二了。

心得記要

困 ䷮ 兌上坎下 澤水困

【釋卦名】

困，甲骨文困从囗从木，李孝定說：「从囗者，象門之四旁，上爲楣下爲閾，左右爲棖也。其中之木，即所謂橜也。」（甲骨文集釋）。困，其實就是梱，說文釋爲門橜，古文的困字就把止加在木上寫成「朱」，因此禮記曲禮鄭注以爲門限，引申有限止之意，「止而不過」、「極盡」、「困惑」、「困迫」、都是同類詞。

本卦的「困」字就是用它的引申義，九二爻「困於酒食」，是用來警惕人生日用至大，因爲酒食是人人可欲的，但是「醉飽過宜，則是反爲所困」（朱子本義）；弄巧成拙，出爾反爾，都是一手所造成的。

卦辭 困，亨，貞。大人吉，無咎。有言不信。

【語釋】

困窮而能亨通，但必須貞正自守。大人雖困，但能守道不二，所以無災咎。但在困窮時，雖有話，人也不會相信。

【釋卦辭】

本卦卦體下坎，一陽陷於二陰之中；上兌一陰居於二陽之上，都係陰侵陽，陽氣不通之象。所以叫困卦，困，是窮難的意思。卦德險中出悅，悅出於險，兼有濟困之義。這是磨礪身心的卦。

大凡人在平易之境，都能有守，在艱險境地，常多有變志，或被衣食逼迫改念，或因疾病纏綿毀志，或因年老恢心，或因魔障而歇工，諸如此類，都是道心不力，被困所拘限，終不能成道。

如果身困而心不困，境困而道不困，處險能悅，困中反而有亨道！雖然「處險能悅」，本為人所不及的工夫，但也不能平白受困，困所不當困，也不能算「

亨」。

而困的「亨」道，在於得其正道，以正處困，因正而亨，能夠抓住時機而與時同行，這唯有具備中正之德的大人能處，所謂「大人」是大智若愚，大巧若拙，諸念不生，遇境難遷，素位而行，不求於外，不但處境得吉，而且順從天命而無過。至於一般衣食之徒，既不信於困，行險徼幸，稍有不如意，便表現在辭色，怨天尤人，隨之得咎，那裡能得吉呢？

同處在險境中，也同處於悅樂中，而大人小人的主要分際就在於：大人是以正處困，險而能悅；小人是困而不信，悅以行險而已！

大象傳

澤無水，困。君子以致命遂志。

【語譯】

水本在澤上。而坎水反漏到兌澤之下，澤中無水之象，君子處困窮亂世，當窮盡後天的氣數之命，而達成理想。

【釋大象傳】

本卦上兌澤，下坎水，是澤漏水流，澤中無水的現象。君子有見於此，知道澤若無水便澤空，人若無志則道窮。因此致命而遂其志。

「致」，是極。命有氣數之命；有道義之命。氣數之命是天地所形成的，屬於後天，道義之命，是形成天地的，屬於先天。先天的命，本來是乾家之物，因交後天，入於坤宮，化而爲坎，坎中一陽即是。這一陽陷，命寶潛藏，一身純陰，困莫困於此而已！所謂致命，是盡其後天之命，遂志是順遂其先天之命。立志以盡命，盡命以順志；氣數在他，而造命在我，借後天返回先天，盡假命而立眞命，無中生有，殺中求生，由困而通；就如澤中無水，而又有水了，卦象兌金，從坎水而出，祇取水中金一味的道理，不就在此嗎？

爻辭 初六：臀困于株木，入于幽谷，三歲不覿。

【語譯】

困卦的初爻：以柔居下，有坐困於木樁，入于幽暗的山谷，有三年不能被發現的現象。

【釋爻辭】

「株木」是無枝葉的樹樁；「幽谷」是深暗地方；「覿」是見的意思。初六陰柔不剛，在險的最底部，像進入昏暗的深谷中，三年走不出來，見不到亮光，臀部是人身體的下方，所以用坐在樹樁上不舒服來比喻難以忍受，坐不安穩來比喻，此爻象徵一個人處在窮困中，卑暗窮陋，而不能自拔，又坐而不遷，只有愈入幽谷而已。

九二：困於酒食，朱紱方來，利用亨祀，征凶，无咎。

【語譯】

困卦的第二爻，陽陷陰中，有受困於酒食的現象。但剛而得中，意外獲得高貴的朱色蔽膝。只適合用在祭祀以求其福，如有所前往，便有凶災。能謹守本分，才無咎。

【釋爻辭】

朱紱是君王朱色遮蔽膝部的服飾。九二陽陷陰中，正在衣祿不足之時，如困於酒食。但得中正之道，能以酒食處窮困而自得其樂，身困而心不困，一日苦盡甘生，大道完成，才服天衣，食天祿，如朱紱方來，修天爵而人爵即從之，先困後亨；例如用享祀，用誠感天，久而見效。若正在困中，急欲出困，反招凶，然無咎表示困而不亨。

六三：困于石，據于蒺藜，入于其宮，不見其妻，凶。

【語譯】

困卦的第三爻：有「受困於磐石，又倚靠在有刺的植物上」的象徵，回到自己家中，又見不到妻子，內外失援，所以凶險。

【釋爻辭】

「蒺藜」是帶刺的植物。九二指蒺藜，九四爲石頭。六三柔弱，不中不正，難安於位。「宮」是三，「妻」是指相應的上六，失應所以不見。人忌愚而自用，不知尊師敬友，被正人君子所嫌惡，出困出不去，處困處不得，名辱身危，死期將到，凶。困卦三陰爻中，六三的處境最壞，幾乎無可挽救。

九四：來徐徐，困於金車，吝，有終。

【語譯】

九四在困時以陽處陰位，而應於初六，所以有徐徐而來應於初，被金車所困的象徵，稍有輕災，但能得善美之終。

【釋爻辭】

「來徐徐」是來的遲疑徐緩。九四與初六相應，初六陷在幽谷中，以九四的立場，應當加以救援；可是，九四的地位不正，力量不足。又困於金車，九二是剛爻，相當於金屬，下卦坎，依「說卦傳」象徵輪，所以說「金車」，金車不是一般老百姓乘坐的，有金車的人必是大人君子，所以「困于金車」不同于困于株木幽谷，是君子之道困，不是小人的身困。九四援救初六，行動遲緩，雖有羞吝，但邪不勝正，「有終」，結果還是好的。

九五：劓刖困於赤紱，乃徐有說，利用祭祀。

【語譯】

九五在窮困之時，有受傷害，困於赤紱權臣的象徵；雖困於一時，但陽剛得中，終會慢慢脫困，用於祭祀有利，可獲福佑。

【釋爻辭】

「劓」是削鼻，「刖」是砍腳的刑罰；既傷於上又傷於下。赤紱與九二的朱紱是同一種東西，朱是天子的顏色，赤是諸侯的顏色，赤紱比朱紱還低一級。

二五剛中相應有志於共同濟困，但九五的陽爻，被上六與六三的陰爻包圍，困在當中，截鼻則難以出氣，去足則難以走路，在這種狀況下，「乃徐有說」，「說」是脫。急躁不得，只有慢慢等候才能脫困。用於祭祀有利；是說像祭祀般的誠心誠意，就可得神的祝福。

上六：困於葛藟，于臲卼，曰動悔，有悔，征吉。

【語譯】

上六處困的極點，所以有困於纏繞之物，動盪不安的現象。在這時，如果不動就不能脫困，所以寧願變通有所悔悟而獲悔吝，終無悔而獲吉。

【釋爻辭】

「葛藟」是葛藤與芠蔓，攀附纏繞的草本植物。「臲卼」是動搖不安的危險場所。上六是陰柔的小人，窮困到極點，就像被葛蔓纏繞，無法掙脫，陷入動搖不安的險地。「動悔有悔」，前悔字指內心悔改，後悔字是指過悔之悔，當上六能夠自覺地認識到自己的艱難處境，動輒有悔，只要改悔才能無過悔。征吉即是行則得吉，行也就是變通的意思，變通即解除對陽爻的纏繞與包圍，如此陽剛不再窮困，陰柔也脫離險境，至此六爻全解困了。

困卦義疏

困卦是以六個不同的現象，來表現困的大人之困及小人之困。

初六：臀困于株木。—是小困而自致大困。

九二：困於酒食。—是先困而後得亨者。

六三：困於石。—是無困而自致困者。

九四：困於金車。—是有困而漸濟困者。

九五：困於赤紱。—是信困而漸出困者。

上六：困於葛藟。—是有悔而終出困者。

困有大人之困，有小人之困。大人之困，處於險境而能和悅，信於其困，終能无咎。小人之困，以和悅行於險境中，不信困而終有悔。困而能致亨之道，在於險中能和悅，隨機遵守中正之道而已。

人類今面臨一大劇變，心靈、精神上的困苦，更甚於任何時代，困卦指出人生怎麼樣處困？怎麼樣出困？又是些什麼在困著人。

通觀全卦卦義爲柔困剛。以柔困剛，柔也遭窮困，因此六爻均稱困，然而陽剛代表正面，陰柔代表反面，在窮困之時，正面則爲大人、君子，有所操守能夠處窮困；反面則爲小人，無所操守不能處窮困。所謂操守即「貞夫一」，守靜而不宜動。何楷說：「柔之困也，以犯剛爲忌，以退守爲安。剛之困也，以躁動爲戒，以靜俟爲福。」有無操守的區別就在於此。

困是三陳九卦的一卦，船山論述特別深遠。船山說：「易經的卦象，有天化和人事，有兼天化、人事來立卦名的。像困卦，是專取象於人事，不是天道的有困。因爲陰、陽迭相進退，人物有時因其性情見有困阻。這是因時位和情才的錯綜，並非有意來困人，只是當其時運的人，志和道不與時位相值，所以見困。陰掩蔽陽是困。假若是君子遏制惡以裁抑小人，這不算是困。」

大人的處困，亦惟以貞爲道，乃大人之貞也。大人的處困，靜正以居，居處恭，執事敬，與人忠，雖夷狄，也不可捨棄。大人以貞爲道時，在畏尤守乎君子之塞，有智但不施智，有勇但不用勇，惟有貞正才得大人之全。紂不能殺文王，匡人終不能害孔子，此持之以志，守之以約，退藏於密，而行法以俟命，是爲處困至道。

心得記要

井 ䷯ 坎上巽下 水風井

【釋卦名】

井字，甲骨寫作井，象方格中空之形。金文小篆寫作丼，只在井口上多加了一點，象以物取水。「世本」說伯益首先造井，可能掘地爲穴汲地之水與人類同時，因爲水是每天的必需品，沒有水就要挖井覓水。相傳到了夏禹平水土，制井田，以一方里爲一井，畫成九格，每格百畝，分八家耕之，一家百畝，中間是公田，作爲貢賦，所以有井田之義，後來人口日繁，井田中心變爲都市，而汲水的井，便在市口，改稱市井。

卦辭

井．改邑不改井，无喪无得。往

來井井。汔至，亦未繘井，羸其瓶，凶。

【語譯】

井卦，象徵村落可能有變遷，但井不會變動，人們來來往往汲水，而井水則依然潔淨不變，沒有增加，也沒有減少。汲井的繩索短了一截打不到井水，還可以努力加長繩索，但若瓦瓶翻覆破裂，便有「得不到水」的凶災了。

【釋卦辭】

井卦卦體下巽上坎，巽爲木、爲入，坎爲水。鄭玄說：「巽木，桔槔也。」古代北方用桔槔從井中提水，在井口設一木樁，將橫木吊在木樁上，一端用繩索掛水桶，另一端繫上石頭，以中間木樁爲杠桿使兩端上下運動汲井水，因此，巽下爲桔槔之木掛桶入井之象，坎上爲提水出井之象。

雜卦傳引申爲「井通」就是因有井水而通養萬物義。井是有本之水，養人不窮，卦德上坎險，下巽入，進而通險，有險而能出，如木下水而出水，這是喻表積功修德的卦。

「改邑不改井」：古時行井田制度，八家爲一井，四井爲一邑，則一邑爲三十二家集聚在一起的村落，共飲一井水。一邑三十二家的村落是可以搬遷的，但井卻不能隨村落的搬遷而移動，這句話說明井是不動的，正因爲它不動才能取之不竭，存之不盈，沒有困窮的時候，所以不動守靜能致通，修德君子，養己已足，就像井有水，養己之後而養人像改邑一般，以自養去養人，如不改井，養人必本於自養，如此養己，又如此養人，就如「井無喪無得」一般。「井井」是潔淨不變的意思，易則通，通則久，久常不變，養人亦如養己，養己亦如養人，通行無礙，所以說「往來井井」。

汔同幾，幾乎的意思。繘是綆，汲井水用的繩子。羸是累，阻擾或失敗的意思。瓶爲瓦缶，用來作提水的水桶。「汔至亦未繘井」是說將瓦缶拴在桔槔一端的繩索上，繫至井水下提水，繩索短了一截，雖然沒打到水，還可以繼續努力將索子加長，終究能提出井水，如果不小心將盛水的瓦缶碰在井壁上打壞了，那就無法提水了，所以又說「羸其瓶」是以「凶」也。道未成強欲化人，便是無本之養，內無主宰，隨人使用，逐風揚塵，未益於人，先失其己，因此開導後學之事，乃在大道完成之後，大道完成，性命由我不由天，承先啓後，可以有益於人，不傷於我，因此本卦的六爻都是以自養爲主。

大象傳

木上有水，井。君子以勞民勸相。

【語譯】

井卦卦體木上有水，有井水被提出之象，可以濟人濟物了。君子效法此象使民辛勞又相互幫助，相互勉勵，從而達到養己養物各得其所養。

【釋大象傳】

「勞民」是使民辛勤勞動。「勸」是勸勉。「相」是助。

本卦上坎水，下巽木，是木上有水。水升於木上，木有水而滋潤嫩脆得其所養，這是井的象徵。君子有見於此，知民不可不養，既養不可不教，所以效法水的川流不息，使人民躬耕力作，飽食煖衣而養身，效法木的蘂而成林。教民知禮明義，和睦相助以養心，身心俱養，返樸歸淳，忘了勞苦，一道同風，入於不識不知，順帝之則的境域。人的一身就像國一樣，人的精神就像民一樣，整頓精神，日夜行道，即是勞民；遷善改過，去妄存誠，三家相見，四象和合，即是勸相，如此便能勞而忘苦，樂而忘憂，勸勉人修眞，修眞後假去眞存，善養之道就全備了。而存養別人的根本之道，乃在於自己先存養自己。存養別人是如此，存養自己亦是如此。猶如井無失無得，存養自己，又能存養別人。如此，自己與他人皆能得其所養。

承先啓後，可益於人，又無傷於己，以達存養之最大極至。

爻辭

初六：井泥不食，舊井无禽。

【語譯】

井卦的初爻：象徵井底的水混雜著泥沙不能食用，廢棄的舊井，無水可獲。

【釋爻辭】

「井泥」：井水中有泥污。「舊井」：舊廢之井。「禽」即擒，有獲得的意思。

初六居井卦最下爻，井泥人不食，日久淤塞，泉脈不通，雖去汲水，也無所獲。表示性質本愚，不知求人以存養自己，乃無所作有，欲效法高明之人，能存養別人，但因不知存養自己，焉能存養別人。

九二：井谷射鮒，甕敝漏。

【語譯】井卦的九二爻：象徵井水出口，涓涓注入河溝，只可供養蝦蟆小魚而已。

【釋爻辭】「谷」是半水與口組成水的出口的意思。「射」是注射。「鮒」（ㄈㄨˊ）是蝦蟆鯽魚的游物。「甕」是汲瓶。

九二剛陽在中，如澗谷的水湧出，上不能應九五，與初六接鄰旁出就下，下流而注於鮒，水不可用以濟物，而僅供井泥中的微物，亦如水在甕中，本可爲用，卻破蔽漏水，失去了效用。

船山易內傳：井谷射鮒，此言小人下達，雖有小慧不足用也。甕敝漏，此言用人者无引掖賢才之實，則雖有君子，亦不爲其所用。存養自己未足時，既欲存養他人，非但不能益於他人，反而先傷於自己。

【語譯】九三：井渫不食，爲我心惻，可用汲，王明並受其福。

井卦的第三爻：象徵井水經整治後清潔，但提不上來食用，實在令人心痛，就如賢士在野，卻沒人能用他，明君若能提拔任用，上下都能蒙福。

【釋爻辭】

「渫」：(ㄒㄧㄝˋ)是將井中的泥沙挖出，除去穢濁，使井水潔淨。「惻」是痛的意思。九三陽剛居得正位，志應上六，處剛過中，汲汲於上進，是有才用而急於施爲，還未得用，就像井的渫治清潔而不被食用，實在令人心疼。才能可以濟用，就如井水清潔可以汲食，若在上有明王，選用在野的賢士行道，上得功績，下被澤業，是上下並受其福。

六四：井甃，无咎。

【語譯】

井卦的第四爻：象徵用磚來修砌井，不久就可以修好，不會有災咎。

【釋爻辭】

「甃」：(ㄓㄡˋ)，是用磚來修井。

六四雖然陰柔，但是處正位，才弱不足以大量供水以廣施利物，若能如砌磚修治他的井，不至於廢壞，亦可自守自用，等待時機。雖無養人之德，但自知養己，內不傷而外不損，可無陷人之咎。

九五：井洌，寒泉食。

【語譯】

井卦的第五爻：象徵清潔甘美的寒涼泉水，完全可以食用了。

【釋爻辭】

「洌」：（ㄌㄧㄝˋ）甘潔的意思，九五剛毅中正，水大量湧出，象徵井圓滿的供應飲水功能。

君子養己已足，而可養於人，因道已成，所養深厚，而能取之不盡，用之不竭。

船山易內傳中，詳加註解：水以清洌而寒爲美，推及於人，則潔己而有德威者，泉其有本者也，是人所待養而澤被生民者也。……君子之德施能溥者，豈有他哉。有一介不取非義之操，則能周知小民艱難。……孔明曰淡泊可以明志，洌寒之謂也。

上六：井收勿幕，有孚元吉。

【語譯】

汲畢井水，將吊繩及瓦罐收拾好，但不要鎖住井蓋，以便他人亦來汲水，存此誠信利人之心，必有大吉。

【釋爻辭】

上六井道大成，象徵收繩索提水，可以汲取爲用，井口不必蔽覆，出水有源而不窮，亦即有常而不變，博施而大善之吉了。「收」是收繩索往上提水，這是說井卦到了上六，井水可以養人養物了。「勿幕」是井水不覆蓋，說明提水的人相當多，人人都相信這井水清涼可口，歡喜飲用，所以說：「有孚」並得「元吉」，元吉就是大吉。易經六十四卦所有的上卦是「極」、「變」，只有「井」、「鼎」兩卦，「終」是成功，所以是吉。

井卦義疏

困卦講如何處窮困，井卦是以廢井比喻經過整治重新使用說明困而後擺脫困境，重新發揮作用，井卦基本上是以六個階段來表示養己、養人之涵養功夫：

初六：井泥不食。—是不知自養之義。

九二：甕敝漏。—是養己未足之義。

九三：井渫不食。—是養己已足之義。

六四：井甃無咎。—是自知養己之義。

九五：井洌寒泉。—是養己足可養人之義。

上六：井收勿幕。—是養人本於養己之義。

按這個思想去分析爻位的變化，始爻的初六即舉出廢井一口不被使用，九二剛中不正有水湧出但旁流而不能用，九三井水經掏井整治後清潔可用，只因井上的設備不足而提不上來飲用，實在令人心疼，六四修砌井壁而無咎，九五才成為寒泉之水可飲用。

所以，井卦，是一種憂患的卦，是一種勞苦的卦，也是長久才見功效的卦，徐徐收功的卦。

王船山說：君子在世，有漠然不相關的，只好慢慢的收功以爲利用，所以小名不要羨慕，小善不要歡喜，甘美的言辭，不必相近，淡然的交往，不要斷絕。這樣往往出乎期望以外的成功。朋友的聚合，非常自然，不是全出於苦心的計謀。

來氏論困和井：人處平常，不足以觀德，只有在處困窮，在出處語默之間，當辭受取與之際，最可以觀德。困而能亨，身困境困，而志不困道不困，困而亨，即君子，窮斯濫就是小人。井卦呢？因靜深而有本，而後井水可澤及於物，人由涵養所蓄之德，必如井之深靜，而後可及於人。又說：「人居其定所，就不能遷動了，井雖然也是居其所不能遷動，但有泉脈流通，日遷徙而常新，居其所而能遷，這是井的才德，所以極善。井泉流通，日新不已，遷徙于義，假若不能辨義，又怎能遷徙呢？所以人取法井卦以涵養德慧，是有很多受用的。

凡使用過井水的人，都有一個共同感覺，那便是不但讓你取之不盡，用之不竭，而且水愈用愈清澈，用的愈多愈甘甜。反之，若吝而不用，則充其量，只不過是一潭「臭水」與「死水」，或爲細菌、蚊蠅繁殖的主要泉源罷了。

修道亦是如此，修道人應學習擁有一口井的情懷，將自己所蘊育的水（才華）用來灌溉井旁的花果、樹木（眾生）使之欣欣向榮，花木扶疏，眾卉爭艷，（

個個在進德修業有成就）。這不但美化了環境（淑世濟民），也給自己變成更清澈，更甘甜（修得爐火純青，不著空有，立於中道）何等光明磊落的一件事啊！

革 ䷰ 兌上離下 澤火革

【釋卦名】革字，古文象獸皮剝下攤開之形。尚書：鳥獸毛革。指鳥獸換羽毛，故假借爲更換義。說文：「獸皮治去其毛曰革。」又說：「革，更也。」更是改易，用的即是引申義。詩經大雅：不長夏以革。尚書洪範：金曰從革。周禮司刑：革與服制度。都作變更，改革義。因此我們知道，革原義是皮革，獸皮經過加工，製成柔軟的皮革，引爲改革、變革的意思。

爻辭 革，己日乃孚，元亨利貞，悔亡。

【語譯】

改革，要等到「己日」，盛極而衰，必須變革的時刻，才能去妄存誠，元亨利貞，不會有後悔的事。

【釋卦辭】

己的解釋眾說紛紜，但從蠱卦巽卦「先甲三日」「後甲三日」看，應該是十干的己。在十干中，己日已經越過了中央，是盛極而衰必須變革的時刻；所以，己日有變革之日義。革有去而不用之義，用來去舊革新。卦德上兌悅，下離明，悅本於明，以明來制悅，悅而不得有妄，明而不得有昧，明中出悅，悅中有明，所以叫革。

從卦象看，兌爲西方金，離爲南方火，用火來煉金，金遇火而生明返陽；火遇金而入庫返本，也是改革的意義。這是煅煉陰氣的卦。所謂煅煉陰氣，是煅煉一己的私慾，「無我」的意思。人是萬物之靈，秉天地陰陽五行之正氣而生，當在有生之初，不識不知，順帝之則，至善無惡，眞性炯炯，虛靈不昧，喜怒哀樂不著於心，富貴窮通，不牽動其「意」，虎兕不能傷，刀兵不能加，水火不能侵，生死不能累，飢而欲食；寒而欲暖，無思無慮，元德本明。

到了二八十六歲，陽極生陰，後天用事，氣質之性發，知識之竅開，當比之際，惟有聖德上智之人，先天而天弗違，後天而奉天時，能夠保先天之眞，而不爲後天所傷。而中下之人，鮮有不被後天所規範撥弄的，從此以後，百憂感其心，萬事勞其形，認假作眞，棄正入邪，日復一日，年復一年，性相近而習相遠，「明德」受傷，新的積累成舊，淨的習染成垢，這是舊染的污點所形成的。

我考察舊染污點形成的原因，不外是由於「有己」，一有「己」，便道心昧而人心生，明非所明，悅非所悅，順其所欲，而無所不至。

革，即革除己的不明，而復歸於明而已，但想要革除己的不明，須要己先能明，便能信於革，而己的不明便可革除，所以說革之道在於「已日乃孚」，「日」是明的現象，孚是相信的意思，不明不能信，能明才能信，唯有初念歸眞，便能革己，所以革有元亨之道。

但革雖有元亨之道，又須革之得正，若是非不分，眞假莫辨，一概革除，便容易入於頑空寂滅之學，不正就不利，不利仍是不元亨，唯以正去革，克己復禮，去妄存誠，煅去後天一切滓質，現出先天一靈眞性，到這個地步，還元返本，渾然天理，純白無玷污，有己的「悔」便可化除了。

所以所謂「道」，非知之艱，行之維艱，是在於人之能信於革而已。

大象傳

澤中有火，革。君子以治曆明時。

【語譯】

澤火同處，相剋相生，是變革的現象。君子效法這一現象，制定曆法，以明確顯示季節變化，使人民據以耕種作息。

【釋大象傳】

革卦上兌澤，下離火，澤中有火，澤本濕，火本燥，濕太過而有火燥熱它，燥太過而有水濕潤它，澤火同處，濕燥相濟，這是革的現象。君子有見於此，知道人立身處世，倘不能因事制宜，隨時遷就的原因，都由於不明天道變化之原理，陰陽進退之節度，所以才訂定春夏秋冬四時，十二月，二十四節氣，七十二侯，治而為曆，以明五行的運氣，各有其時，使人人順天應時，而變革太過的行徑，歸於中正平和而已。天有運行之時，人有當行之時，時有遷移，道有變化，變化之道即偕時而行之道；與時偕行，進退存亡，不失其正，也是天行健君子以自強不息的「天行一了。

爻辭

初九：鞏用黃牛之革。

【語譯】

革卦的初爻：用堅韌的黃牛皮革來鞏固自己。

【釋爻辭】

「鞏」是固，黃牛的皮革最堅韌；「黃」是中色，有中庸的德性；「牛」有順從的德性。初九在卦的最下方，與九四不應，在這種形勢下急於進行變革，純屬盲動冒險，所以告誡以黃牛之革去固結初九，喻變革必須鞏固自己。

六二：己日乃革之，征吉，无咎。

【語譯】

革卦的第二爻：己日是改革最適當的時機，進行改革吉祥，不會有災咎。

【釋爻辭】六二柔順中正，是下卦主爻。虛心自處，明於革而先能去其私慾，私慾能去，便無己，無己便有人，有人則以己求人（有九五來應援），改革的時機成熟了，腐敗已顯露，陽盛極而衰，陰衰極而盛，必須發動改革，這時進行改革吉祥，不會有災難。

九三：征凶，貞厲，革言三就，有孚。

【語譯】革卦的第三爻：這時進行變革，雖貞正當位，會有危厲，如能謀畫再三，詳細審議，便能獲得群眾的信賴。

【釋爻辭】九三剛居陽位而不中，與初九有同樣的毛病，改革不能躁進，此際變革必然過中而致凶。反之，應該「革言三就」，「革言」即謀畫變革的事情；「三就」是指再三謀畫，意見一致，再採取行動，經過「革言」「三就」後的行動，就不是個人的單獨冒險行動，才能得到群眾的信賴。

九四：悔亡，有孚改命，吉。

【語譯】

革卦的第四爻：沒有後悔的事，民眾都相信這是應該變革的天命，吉祥。

【釋爻辭】

九四陽爻居陰位不正，所以有「悔」事，但革卦已發展到第四爻位，已離下體入上體，水火勢均力敵，走向逆轉邊緣，正當天命轉變的時刻，九四的性格剛柔相濟無偏弊，可以承擔改革的重任，「有孚改命」即民眾均相信應該變革的天命，如商湯革夏桀，周武王革殷紂王，是天命規律發展的必然結果不能不進行變革，這種變革是「順乎天而應乎人」，所以「悔亡」而得「吉」。

九五：大人虎變，未占有孚。

【語譯】

革卦的第五爻：偉大的人物似虎紋變麗，可以君臨天下的象徵，改革雖然成功，當在尚未卜筮之前，取得群眾的信賴。

【釋爻辭】

「虎」是大人之象。「變」是喻虎的皮毛有花紋，每到春秋脫換新毛之後，花紋更艷麗光澤，這是以物喻理，比喻換了新君，刷新政治整頓朝綱令人矚目一新，去舊佈新，開創新局面，不過，改革雖然可以成功，但先決條件是應當在沒有占卜吉凶之前，先得到群眾的信賴與支持。

上六：君子豹變，小人革面，征凶，居貞吉。

【語譯】

君子受到聖王的感召，由心中改變氣質，像豹的斑紋變化，顯示在外；但一般群眾，只革面而不革心致凶，如能固守正道，就會吉祥。

【釋爻辭】

革卦的上爻在變革的極點，表示改革已經成功。當休養生息，不可採積極的行動，柔而得正。有信心的君子行柔而無爲之革，煉己功勤，虛己篤靜，像豹不威之變，誠中達外，氣質皆化，根塵全消，形神俱妙，與道合眞，但對無信心的小人，革面不革心，志念不堅，有始無終，必落於空亡而遭凶。君子永居於貞，志念良久，愈久愈力，終必成道而得吉。

革卦義疏

革卦論述如何去舊佈新，天命的變革是最大的事變，必須順乎天理而合乎人心才能適當變革，其悔乃亡。因此，如何掌握變革的條件與時機是最重要的，六爻論述變革發展的過程如下：

初九：鞏用黃牛之革。——是捨本逐末之革。

六二：己日革之。——是虛心求明之革。

九三：革言三就。——此誡人勿自尊自大之革。

九四：有孚改命。——此剛以柔用之革。

九五：大人虎變。——此大人用剛有爲之革。

上六：君子豹變，小人革面。——此邪正結果之革。

初九的主客觀條件不足變革，所以誡以黃牛之革來鞏固自己。六二已到己日改革之際，己又能虛心求明，所以征吉而無咎。九三客觀形勢具備而主觀條件欠當，告誡革言三就後行動。下卦離體三爻爲改革的準備與謀畫階段，不外乎詳審形勢。九四有改命之吉，可以進行變革。九五稱「大人虎變」耳目一新，政績昭著。上六說明變道完成以後上下應當洗新革面，並且與民休息，以適應新生活。上卦兌體三爻爲改革的階段，不外去故納新，有生命活力的轉機存在。

我們通觀六爻都有革道，是非禍福不等，總以無己爲最終目的，若稍有一點己在，革去之後陰氣又來，陽氣不純，古經說「七返還丹在人，先須煉己待時」的理由正是要人革去一切舊染之污，不使心中留有絲毫的瑕疵。

鼎 ䷱ 離上巽下 火風鼎

【釋卦名】

甲骨文、金文的鼎字，形狀很多，都像兩耳、腹足之鼎形，和貞字相似。貞，是正的意思，鼎是定的意思，定字從正，所以鼎字與貞字字形相似，先有鼎字而後有貞字。說文說鼎是「和五味之寶器」，本卦的鼎字都用它的本義。鼎能熟物養人，用水火烹調五味，調陰陽以樹立五常，率民以正道而求安定。從前大禹收九牧之金，鑄鼎在荊山之下，入山林川澤者，螭魅魍魎莫能遇之，以協承天休。在平治大水後，以南方所貢的金屬三品，鑄成九鼎，象九州，每州的鼎大小不一，最小的有好幾千斛，刻鏤各州的山川物產戶口貢賦在鼎上，等於現代憲法中領土

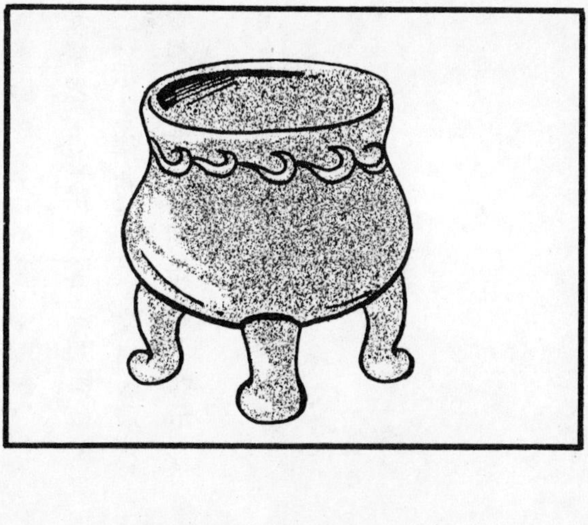

的條文。到了殷商西周時代，範銅冶金的技術大爲進步，爲了銷弭戰爭，禁止兵戈的製造，於是用銅鐵鑄鐘鼎，作和平用途，視鼎爲寶物。

其實鼎在古時向來都作爲傳家鎮國的重器。也是祭器，並供養賢士的器皿，鼎上的花紋有鎮邪的作用，將法律條文刻在鼎上，以顯示法律的莊嚴，改朝換代，新登位的君王，首要工作，便是鑄鼎，頒訂法律，象徵新紀元的開始，並表示吉祥鼎革。

卦辭

鼎：元吉，亨。

【語譯】

鼎卦就是盛大昌榮，是吉祥並亨通的象徵。

【釋卦辭】

「鼎」是烹煎鍛煉的器具。一切生硬的物，經過鼎熟，都會變軟，有更新的作用。又鼎卦的卦形，也像鼎，初爻像鼎的腳，五爻像鼎的耳。另外，卦德上離明，下巽入。巽進而生明，能虛其心而明日增。卦體的二五爻，虛實相應，用中能虛，巽中能實，虛明則明無不照，而富貴窮通，不能動搖其心。巽中能實，則能修德，吉凶禍福，不能擾亂其性，就像火得木而光華倍增，木遇火而濁氣悉化，所以鼎有鍛煉烹煎之義，這是鍛煉大藥的卦。

當後天的眞陽出現，大藥已生，便可以運火鍛煉，鍛煉之功，是消化陰氣，堅固陽氣，使「生」的變「熟」，「舊」的變「新」，可以明心凝命，所以鼎卦卦辭說鼎本元吉，而又有亨道。元，是善的長生之機，是鼎的烹煎大藥，即是烹煎這個生機不壞，萬劫長存而已，但是鼎道有火候、有次序，有毫髮差異，金丹難成，貴在人先窮究實理罷了。

大象傳

木上有火，鼎；君子以正位凝命。

【語譯】

木著火而燃燒，這是鍛煉諸物的形象，君子見此卦象，應該謹守元關一點正氣，凝聚成就上天賜與的正命。

【釋大象傳】

「凝」是聚、成的意思。本卦上離火，下巽木，木上有火，木火同處，烹飪鍛煉諸物的形象，稱作鼎。君子有見於此，知道鼎用來烹物，非木火之功，不能成熟。道是用來承載性命，非巽明之功，不能凝結。

「正」是不偏不倚，不隱不瞞，「位」是陰陽之門，元關一竅。「凝」是聚而不散，「命」是先天祖氣。能正於位，便能漸次修持，因明而行，仁義禮智根於心，四象和合，五行攢簇，氣足神全，性命凝聚。

凝命之道，全在正位工夫，不能正位就不知元關，不知元關便不知命，不知命而著空執相，認假爲眞，入於旁門曲徑，不但不能凝命，而且因此傷命。

「命」是先天正氣，正就是命。「正位」就是謹守元關一點正氣，文烹武煉，日乾夕惕，不讓一點兒外氣，交雜於鼎爐之中，使不正的歸於正，渙散的歸於凝聚，由勉強而歸於自然，由散亂而反復於整齊，一正位而凝命的工夫就完全了。人之患在於不能正位凝命，所謂「言語不通非眷屬，工夫不到不方圓」，就是這個道理。

爻辭

初六：鼎顚趾，利出否，得妾以其子，无咎。

【語譯】

鼎卦的初爻：鼎足朝天鼎口朝下倒出不潔之物，利於去舊立新，就好比討妾生了兒子，有了後嗣，不會有災難。

【釋爻辭】

「否」是臧否的否，惡、失的意思。「惡」即污穢不潔的事物。「初六」在鼎的最下位，爲鼎的足趾。應「九四」，足在下才穩固，一上往必顚覆，所以說「鼎顚趾」。鼎身顚覆足朝天當然是壞事，但是初爻是用鼎的開始，用鼎煮物之前，必須先刷刷鍋，鼎口朝下把不潔之物給倒掉，不利反變有利，這又好比是妾因生子而得貴，妾地位卑下，但她生了一個兒子立即抬高了身份，由卑賤變成了尊貴，改變自己不利地位，有了後嗣，另當別論，不會有災難。

九二：鼎有實，我仇有疾，不我能即，吉。

【語譯】

鼎卦的第二爻：把東西塡西塡裝在鼎中，與自己匹配的初六有病，不能前往與他匹配，應堅守正道才吉。

【釋爻辭】

九二爲鼎腹。經過初爻的「鼎顚」刷洗之後，到二爻便塡物於鼎腹之中，所以說「鼎有食」。同時也比擬九二陽剛得中道，眞陽返回實其腹。仇是仇敵，也就是對立面，對立面又可匹配成一對而統一，具體指「初六」，「疾」是陽剛被陰柔所累。九二與初六雖然剛柔相須，相互吸引，但初六陰爻陽位不正，九二下來則受其牽累而不能發揮作用，所以不能前去。只有上應九五才能發揮作用，得吉。

九三：鼎耳革，其行塞，雉膏不食，方雨虧，悔，終吉。

【語譯】

鼎卦的第三爻：有失去鼎耳的現象，行事阻塞不通，美味的雉膏不能馬上食用，幸好有雨虧損其火之烈厲，故無悔而終吉。

【釋爻辭】

「革」是去的意思，「方」同將。九三相當於鼎的腹部，陽爻充實，如同鼎中裝滿食物，但剛爻剛位，又偏離中位，過於剛強，與象鼎耳的六五不能相應，就像鼎失去了耳，所以說「鼎耳革」。又九三在上下卦的交接處，是正當變革鼎新之際，鼎去耳，拿起來不方便，所以行動阻塞，象徵人才沒有出路。

「雉」是山雞，脂厚肥美，古時有用獵山雞作陪鼎，亦即副菜的禮節。上卦「離」是鳥，所以用雉比喻。吃不到用山雞做的美肴，是說得不到君王「六五」的爵祿。九三是陽爻，六五是陰爻，陰陽相和成雨，可使上卦的離火虧損，預料中的後悔可以消除，最後仍然吉祥。

九四：鼎折足，覆公餗，其形渥，凶。

【語譯】

鼎卦的第四爻：象徵鼎足折斷，打翻了王公的美食，汗流浹背面紅耳赤無地容身的樣子。

【釋爻辭】

「餗」是用八珍煮成的米羹。「公」是王公。「其形渥」是汗流浹背面紅耳赤無地容身的樣子。

九四居鼎腹的最上爲鼎口，陽剛爲有實，像滿滿的一鍋佳肴以備食用。四又爲近君的大臣，應忠實於六五之君，但舍六五與初六相應，鼎以上行才得卦義，所以初六應九四，雖有鼎顚之虞，但初六上往得「利出否」壞事變好事；九四則不然，滿滿一鍋佳肴，一旦下行則傾倒如同鼎足折斷，佳肴傾覆在地，闖下大禍，立刻汗流浹背面紅耳赤像無容身之地。可知九四雖有才能，不求上進，是不能被養用和信賴者。

六五：鼎黃耳金鉉，利貞。

【語譯】

鼎卦的第五爻：象徵用黃金製成的鼎蓋耳環加上堅固的金屬摃子，利於貞正固守自己的身分。

【釋爻辭】

五在上卦中位，黃是中位，六五相當於鼎耳，所以說黃金的耳。「鉉」是鼎蓋耳上的吊環。「金鉉」是堅固的金屬槓子。細分又有「扃」「鼏」之別，「扃」是抬鼎的木杠，貫穿鼎耳抬鼎以供人亨受鼎中食物，「鼏」是鼎蓋，有用布作成的，有用茅草編的，因鼎的不同，蓋子也不一樣。抬鼎的槓子不用木製而用金屬製成，所以稱「金鉉」。

六五是陰爻，本身中虛，與九二剛爻相應，九二前來會合，相當於有了黃金耳，堅固的槓子，在這有利條件下，當然有利。

上九：鼎玉鉉，大吉，无不利。

【語譯】

鼎卦的最上爻，象徵鼎道大成，如有堅硬又溫潤玉鼎蓋子一般，大吉，無往不利。

【釋爻辭】

上九的「玉鉉」是鼏，罩在鼎口的蓋子，蓋子是用玉製成，非布簾茅草可比，十分貴重。上九陽爻陰位，剛柔得到調節，火候掌握的很適度，就像堅硬又溫潤的玉一般，剛毅又不失溫情，當然大吉，无往而不利，聖賢都得其養而鼎道大成。

鼎卦義疏

鼎卦的卦畫形狀和鼎相似，初六柔爻在下像鼎足，九二、九三、九四剛爻像鼎腹，六五柔爻像鼎耳，上九剛爻在上像鼎蓋。這是以卦畫形狀去解卦名，也用卦的時位，材質去比喻一個人立身行事所該注意的態度，雜卦傳說：「革，去故也，鼎取新也。」去舊立新應該效法鼎像端端正正，居其所當居的正位，以鞏固其所秉受的正命，而木生火燒鼎煮生物變成熟物，進而供上帝和聖賢享用，這是因爲祭享之重莫重於祭祀上帝，接待賓客之重莫重於待聖賢。此時此際正是柔順之君履中正之位養聖賢用良才，上下歸順鞏固天命，有所作爲的時候，所以六爻都以上進鍛煉大藥爲吉。

初六：鼎顛趾，利出否。——是煉己的事，立鼎的初功，勇於進取者。

九二：鼎有實，我仇有疾。——是謹愼去就，既得養道心，又能去人心者。

九三：鼎耳革，其行塞。——是雖有才德而又雜有人心，進途被阻，懷才不遇者。

九四：鼎折足，覆公餗。——是雖爲有才能之近臣，但以一己之私下行，忘卻君臣大義，自暴自棄，不足信用者。

六五：鼎黃耳，金鉉，利貞。——是柔順中正之君，能虛人心而養道心，善養聖賢者。

上九：鼎玉弦，大吉。——是鼎新之功已盡，道心人心俱都渾化，揭開鼎蓋，上下同享，呈現一派太平鼎盛的景象。

通觀修鼎之工夫，有剛有柔，有進有退，有增有減，不到有無不立，神化不測的境界，不能算是功德圓滿，倘若不知剛柔進退增減之法，不落入第三爻的「鼎耳革」，便歸於第四爻的「覆公餗」，雖是毫髮之差，卻有千里之失，修德君子，能不巽緩進明，謹愼於鍛煉的火候嗎？

心得記要

震 ☳

震上
震下

震為雷

【釋卦名】

現存的甲骨文、金文中沒有震字。說文說震字是「(劈靂)振物者，从雨，辰聲。」可知它是指振撼萬物的雷；本卦象傳說：「洊雷，震。」重震為洊雷，雷聲疊發。說卦傳：「帝出乎震。」「帝」指乾元，乾元一陽震而顯能力，天地萬物由此一震而生，所以震是北辰之動，一震而天地闢，再震而萬物生，春雷啓蟄，同此原理。說卦傳第十一章也說「震為雷」，第七章則說震為動，是引申義，我們說地震即是地動。

卦辭

震，亨。震來虩虩，笑言啞啞，震

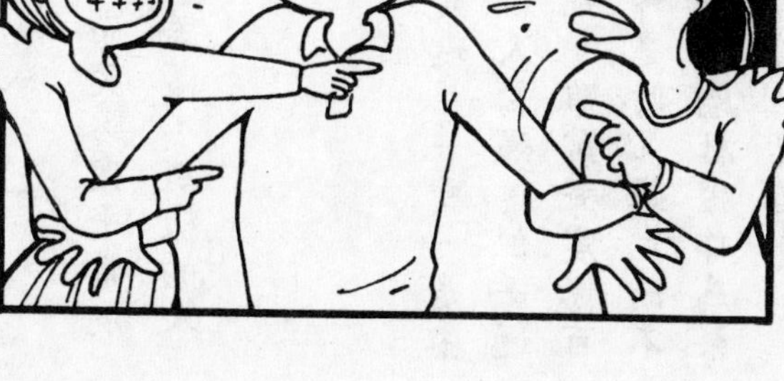

驚百里，不喪匕鬯。

【語譯】

「震」就是昌榮。雷鳴響亮，令人驚恐，但一過去，便相視而笑，與平常沒兩樣。雖雷聲震驚百里，但毫無恐慌，繼續進行祭禮，未將器物跌落，這樣的人物才能承繼主持祭祀，擔當保家衛國的重任了。

【釋卦辭】

「虩虩」是壁虎，引申為恐懼。「啞啞」是笑聲。「匕」是匙。「鬯」是黍米酒，浸泡鬱金草，灑在地上，用馨香之氣迎神。雷鳴響亮，令人驚恐，但一過去，便相視而笑，和平日沒有兩樣。慎重謹慎，不久會得到幸福。雖震聲震憾百里，主持祭祀之人精誠專一似乎沒聽見雷聲，用匕匙取酒奉獻神靈時，鎮定而不失常態。對祭祀之事能敬重如此，這樣的人可以繼承王位出來守宗廟社稷作為祭主了。

大地坤卦，由地底發生一陽，使大地震動；也像陰陽交合，發生雷電；又有純陰的母親的坤卦，與純陽父親的乾卦，交媾得子的形象，所以象徵地震，雷震，震憾、震動、長子。震卦象徵擔任祭祀的長子，所以用「匕鬯」比喻。

大象傳　洊雷，震；君子以恐懼修省。

【語譯】

雷聲轟轟作響，這是「震」的卦象。君子見此現象，謹慎小心，反省修養。

【釋大象傳】

本卦上震雷，下震雷，是雷聲發動，由此洊於彼，由彼而洊於此，這方的雷剛息，那邊的雷又發作，雷雷相續，這是震的卦象。君子有見於此，知人的妄念叢生，此念未息，彼念又起，念念相續，亦如洊雷之動，轟轟不止，倘若不能修省，傷天害理，棄眞入假，不到自喪性命而不止，因此恐懼修省，務使正念滋長，邪念消滅，不使纖微的瑕疵寄於方寸之中，人一念之動，善惡攸關，吉凶所係，天堂地獄由此而分，惟有在未動之前戒愼恐懼，修省於已動之時，防危慮險，十二時中，不敢稍有懈怠，善念存之，惡念自然去之，存而又存，去而又去，惡念去盡，純是善念，至善無惡，雖終日動，無礙於動，動而能歸於渾然天理的地步。

爻辭 初九：震來虩虩，後笑言啞啞，吉。

【語譯】震卦的初爻：雷聲大作，使人恐懼，但一過去便相視而笑，與平常沒有兩樣，戒愼小心，幸福終會來到。

【釋爻辭】震卦的主爻在初九與九四，初九在陽剛下體，從剛爻說，其奮發上進而有聲，爲震雷，從初爻說，又是處震雷的開始。震雷一開始，初九就聞其聲而知恐懼，這就使它不致招禍而能得福，因此震雷之後它能啞言而笑，立即恢復了常態，很安然。這說明初九最得處震之道，懼於始而安於終。范仲淹說：「君子之懼於心也，思慮必愼其始，則百志弗違於道。懼於身也，進退不履於危，則百行弗罹於禍，故初九震來而致福，愼於始也。」

六二：震來厲，億喪貝，躋于九陵，勿逐，七日得。

【語譯】

震卦的第二爻：有震動危厲，冷靜判斷，舍去財產，避於九陵山麓，不必去追逐，七日後便得回原物。

【釋爻辭】

「厲」是危、猛。「貝」是古代的具幣，「九陵」是九重的山陵。六二陰柔，在初九的陽剛上方，距初九最近首當其衝，以陰乘陽最危險，冷靜判斷，舍去財產，避至山丘。幸好六二柔爻柔位，又在中位，柔順中正，因而喪失的財物，不必去追尋，在短短的七天裡，就會失而復得。

六三：震蘇蘇，震行无眚。

【語譯】

震卦第三爻：大地震動，遭受驚嚇，若能改過遷善，有所行動，便沒有災病。

【釋爻辭】

蘇蘇是神氣緩散自失貌。猶如俗話所謂嚇酥骨不能動。失去常態而不知所措，便不能處震。六三柔居剛位，位不當，既害怕己之無能，又懼事情犯難，內外一懼，蘇蘇戰慄，身心不能自主了。然而性柔志剛，能夠親近有道之士，借剛濟柔，不能行的也能行了，所說震行而得無眚。

九四：震遂泥。

【語譯】

震卦的第四爻：雷聲距地面很近，剛一響就墜入泥土之中，沒有發出巨大響聲就消聲匿跡。

【釋爻辭】

「遂」是墜、止的意思。九四剛居不正，又在二陰之間，日與小人為伍，有行道之力，但無行道之志，就像墜入泥巴之中，一步也不能前進。

六五：震往來，厲，意無喪，有事。

【語譯】

雷鳴往來，危險，但不要逃離，要冷靜判斷，繼續祭祀。

【釋爻辭】

六五陰居陽位，既在上震主爻九四之上，又在下卦震體之上，下體震雷之聲剛過，上體的震雷又「來」，一往一來皆知恐懼危厲，審慎行事，居於六五中位，繼續發揮柔中作用，不會有損失。

上六：震索索，視矍矍，征凶。震不于其躬，于其鄰，無咎，婚媾有言。

【語譯】

震卦的上爻：雷聲小作，嚇得心神不定，目光無神，在這種情況下，任何舉動必有危險。震災不落於自己家中，而是落在鄰家，見鄰家的災禍應自我警戒，无咎，親族間難免有怨言。

【釋爻辭】

「索索」猶縮縮，內不安的樣子。「矍矍」是視線不安的樣子。「躬」是本位、自身。「鄰」是指五爻。言是閒言閒語。

上六陰柔，不中不正，又在震驚的極點，聽到一點雷聲就嚇得渾身不安，不能鎮定下來，以這樣的狀況積極行事便凶，雷並非落在自己家中，而是落在鄰家，見鄰家的災禍應該自戒，雖無咎，親族間難免會有怨言。

震卦義疏

震卦，闡釋震驚的應對法則，在長子變革鼎新承繼父業，發展進步的過程中，難免不發生意外的重大事故，以致震驚。惟有記取教訓，凡事戒愼恐懼，才有法則可循：

初九：震來虩虩，後笑言啞啞。—是先懼後喜，剛而得正之動者。

六二：震來厲，億喪貝。—是意而不敢妄行，柔而恐懼於內之動者。

六三：震蘇蘇，震行无眚。—是內外皆懼，柔而求人者。

九四：震遂泥。—是墜於泥塗，剛而不知恐懼者。

六五：震往來厲，億無喪，有事。—是恐懼危厲，柔而恐懼謹外者。

上六：震索索，視矍矍，[illegible]

通觀六爻都有懼道，或內懼或外懼，或致凶，或无咎，都是因爲不能修省得吉，修省之道一定得「內懼」而「外不懼」爲貴，「內懼」就是謹於內，「外不懼」就是見機行事。先恐懼而後修持，則一切外物不得牽動影響，可以盡性全命，全卦中能謹於始而全於終的。只有初九一爻而已。

震取象爲雷，卦體一陽生於二陰之下，靜中有動，二震相合，由此動而達彼動，由彼動而生此動，千動萬動，總是一動。這是動而行道，恐懼修省的卦。

大道活活潑潑，不色不空，依世法而修道法，借人事而修天德，有爲無爲，了性了命，無窮事業，完全要在動中做出來，所以震有亨道。但動有內動，有外動，內動，是內念之動；外動，是物來之動，內動屬我，外動屬他，內動眞則外動也眞；內動假，外動也假，君子戒愼於其所不睹，是戒愼於內動，恐懼於其所不聞，是恐懼於內動。內不妄動，自有眞動，眞動之動，雖終日動未嘗動，用來肆應外來之動，都以無心應之。

倘若雷震百里，聲音大到足以驚人，但仍不驚慌，繼續進行祭禮，那麼聲色貨利，富貴窮通，一切逆順環境，必不能動於心中，所以君子懼內動，不懼外動，懼內動是養其正氣，不懼外動，是不動其氣，內能養氣，外不動氣，時動則動，時不動則不動，與雷同道，與時偕行，千動萬動，都是眞動，這才是震的亨道，眞正明白動的道理了。

心得記要

艮 ䷳

艮上
艮下

艮爲山

【釋卦名】

艮字，甲骨文和金文都象人眼回看的樣子，與見字(⿱罒乚)相反。因此見是向前看，艮是回顧。從卦理卦體看，陽在上爻，止而不能再進，陽止則反陰，由動而入靜，凝結的現象，所以艮卦卦義是靜止，卦象是山。

萬物以胸腹爲陰，背脊爲陽，人身有動脈靜脈，中醫稱任督二脈，二脈之間有一動脈，稱作衝脈，督脈下起會陰穴，循脊椎骨上達天庭，得精氣聚在風府，這是人精神的動力。

卦辭 艮其背，不獲其身，行其庭，

不見其人，无咎。

【語譯】

使你的背部靜止，身體就是想動，也不能動了，走過有人的庭院，也不覺得有人存在。不論動靜，內心保持安寧，便不會有災難了。

【釋卦辭】

卦體一陽止於二陰之上，陽尊陰卑，陽統陰而陰順陽，陽不被陰所傷。內止外止，止於內又止於外，內外一以貫之，所以叫「艮」。

這是說明靜以養氣，擇善固執的卦。內止是止於其所，外止是行而止於其所，止是養所止之處，行是爲了要驗證所止。行而不至於放蕩，行就是止，止即是行。

實際上「不獲其身」是無我，「行庭不見人」是無人，大凡人有人我之分，內外之別的原因，是由於有心，有心則有我，有我便有人，便不知所止了，能「艮其背」，則人我之心俱化爲烏有，人心去而道心生，衹有一個「理」字，以理行止坐臥，靜則守正以理而止，不由身而止，內不知有身，動則行正，以理而行，不順人而行。無我無人，既能止於內，又能止於外，動靜隨時，內外合道，哪裡有災咎呢？

大象傳

兼山，艮；君子以思不出其位。

【語譯】

山重疊著山，是艮的卦象。靜止不動，君子當效法此卦象，在當停止處停止，思慮謀畫都不超出自己的本分。

【釋大象傳】

上艮山，下艮山，是此山而兼彼山，彼山而兼此山，千山萬山總是一止艮的現象。君子有見於此，知道人秉性的良知，便是人所以爲人的本位，當終身住在這裡，而不可須臾或離。

人在應世接物，修道立德，窮究事理，辨別邪正，不能不思，但思其正便在位，思其邪便出位，千思萬思，貴在止於其所，不失其本來之眞而已。修道者，倘能在位而思，道心常存，人心永滅，一切塵緣外物，皆不得影響牽動，就會害思。

世間有一些人，守著空空無爲，孤寂守靜之途，雖說忘物忘形，一無所思，但斷乎無關於身心性命之道，也算是出於其位了，位字從人從立，人立則不動，止於其所，止於其所的思，具衆理而應萬事，雖然終日思之，未嘗出位，思也等於不思，唉！懂得得一便萬事備，若不懂得一，思便出位，普天下學者，能懂得一的又有幾人呢？

爻辭

初六：艮其趾，无咎，利永貞。

【語譯】艮卦的初爻：當艮止的開始，有止趾不行的現象。這是無咎的利於永遠守著正道。

【釋爻辭】初六是始爻，在人身取象則爲趾，人身運動行走必須趾先動，所以制止行動必先止趾，沒有災咎。但初六陰爻柔弱，難免不能長久堅守正道；因而告誡，必須長久堅守正道，才會有利。

六二：艮其腓，不拯其隨，其心不快。

【語譯】

艮卦的第二爻：小腿停止不動。順從上（三陽腰），不得不停。意見不被接受，經常心情不悅。

【釋爻辭】

「腓」是腿肚，六二在下卦中位，相當腿肚。柔順中正，九三相當腰，剛爻剛位，過於剛強偏激，六二要拯救九三，卻陰柔無力，只好勉強追隨，當然心中不會愉快。

九三：艮其限，列其夤，厲熏心。

【語譯】

艮卦的第三爻：腰部停止不動。不屈不伸身體，故背部肌肉有如撕裂般疼痛，對迫近眼前的危險感到焦慮。

【釋爻辭】

本字。「限」是界限，人體上下的界限在腰部。「夤」是脊背的肉。「列」是裂的本字。九三正當上下卦的中界，相當於腰，剛爻剛位，又不在中位，過分剛強偏激，使腰部不能屈伸。在近腰部的上方是脊背的肌肉，九三橫在四個陰爻中間，形狀像是將背部的脊肉，由中央被左右分裂，也跟著不能活動，亦即，九三與上下、左右的人都不能和諧相處，以致上下叛離，左右決裂，非常危險，就像心被火燒火燎的不安。

六四：艮其身，无咎。

【語譯】

艮卦的第四爻：上半身停止不動。能夠自我控制不妄動，所以沒有災咎。

【釋爻辭】

九三相當於腰，六四就是腰以上的身體部分了。心在中虛，表示停止在當止的場所，時止而止，自然而止，不費氣力。

六五：艮其輔，言有序，悔亡。

【語譯】

艮卦的第五爻：臉頰停止不動，謹愼言語，無悔。

【釋爻辭】

「輔」是頰輔，嘴角兩側的肉。說話嘴要動，嘴動頰輔也動。六五在卦的上方，相當頰輔，六五不正當有悔事，但六五得中守柔，說話中肯，又有條理，使擔心的後悔消除。

上九：敦艮，吉。

【語譯】

艮卦的最上爻：靜止到了極點，吉，可得善終。

【釋爻辭】

上九爲艮卦重疊之終，是止的終極，敦實厚重如山，巍然而不動，堅定而不移，因此，全卦唯有上九得「吉」。止而到了敦，剛柔悉化，性定情忘，能止於內，又能止於外，內外一止，止於至善之地而不遷，無生無滅，就像崇高大山，與天地同長久。

艮卦義疏

周敦頤說法：華經全卷等於說明艮卦的道理。艮卦論艮止之義取背爲象，是以背的不動說明靜止。人的身體最不容易動的地方是背部，背部靜止，身體就是想動也不能動，用來比喻內心寧靜，就可以達到忘我的境界。六爻論如何達到寧靜，不取背而取人身其它器官爲象，在於說明運動而能靜止。

初六：艮其趾。──這是告誡人要恒久守正之止。

六二：艮其腓。──這是柔而不剛，柔而勉強而行之止。

九三：艮其限（腰）。──這是躁動無忌，知進不知退，剛而勉強之止。

六四：艮其身。──言是柔而守正，動不易方，柔而治己之止。

六五：艮其輔。──這是謹言愼行，柔而益人之止。

上九：敦艮，吉。──這是剛柔皆化，性定情忘，全始全終之止。

通觀六爻，以柔下剛上爲能止；初六和六四居一卦二體之初是止其所當止。六二與六五，兩柔居中位都想靜止，但六二上臨九三，受其所困而「不拯其隨」，六五臨上九不受其所累而「艮其輔」。九三該止而不止，上九該止而止，說明艮止並非絕對的靜止。大學說止於至善，孔子說于止知其止所，才是止道的最高境界。

老子說我有大患的理由，是因爲我有身，只要制住身子，就不會有任何憂患，從艮卦卦義看，是不是也同樣給我們一些啓示呢？

心得記要

漸

☴☶ 巽上艮下

風山漸

【釋卦名】

漸字古寫作「[illegible]」，水緩緩而流的樣子，又作水浸潤解。詩經衛風：漸車帷裳。是說車子行過溪水，溪水濺濕了車帷和衣裳。經典釋文說：漸，濕也。廣雅說：漸、沒也。說文辵部有漸字，進也。可見在漢代漸字作水浸潤之義，而漸字乃是進行緩慢之義。六十四卦中，晉、升、漸三卦卦義都是進，但意義不完全相同，晉是上進，升是上升，而漸則是漸漸而進，漸在艮卦之後，靜止而後又開始緩緩運動，漸的進宜遲不宜速。

卦辭 漸，女歸吉，利貞。

【語譯】

漸卦，有徐緩不速義。象徵女子嫁人，經過納采、問名、納吉、納徵、請期、親迎而成是吉利的，不過利於貞正自守，才可永久。

【釋卦辭】

卦德上巽入，下艮止。止於其所而徐徐漸進，這是循序漸近的卦。古代嫁女之道，男先求女，用媒妁以通信息，兩家不嫌棄，然後女歸男家，男戀女愛，生育子孫，夫婦偕老。急欲速成，不但女不吉，男也不吉，不過求一時之樂，久必敗事。所以修道者用漸修之功，不求速成。本卦剛止於內，柔巽於外，以剛用柔，就像男求女，不急不緩，循序而進，愈久愈力，就像用媒妁以禮通信；工夫一到，由勉強而歸於自然相合，剛柔混成。一粒靈丹，自虛無中凝結成象，就如日女歸男，男女相匹配，而自然生育。

漸修之道雖然是吉，尤利於漸道得正，若不得正，也不算吉，世間有人爐火閏丹，著空執相之徒，終身行之不休不歇，何嘗不是「漸」呢？但漸而不得正道，空空一世，到老無成，那裡有吉？所以必以正道行漸，窮理盡性以至於命，自有為而入無為，由勉強而抵自然，沒有大道不成的理由。

大象傳

山上有木，漸。君子以居賢德，善俗。

【語譯】

山上有木，是漸的卦象。君子當效法山的穩重，木的漸長，蓄積賢德，漸化舊染的俗氣。

【釋大象傳】

「居」是奇貨可居的居，蓄積的意思。上巽木，下艮山。山上有木，形必高大，高大之木，非一朝一夕而長成，這是漸的卦象。君子有見於此，知「德」是人的根本。善是人的至寶。不能持守其德，則德不賢，不能變化氣質，則善不大。所以效法山的穩定持重，截然放下，居於賢德而不遷移，效法木的生長，不急不緩，漸化俗氣而歸於至善。「賢德」是至善的本性，「俗」是舊染的俗氣，不一定指「民俗」，凡人的七情六慾，貪嗔痴愛，都算是「俗」。

居賢德而日用行常，無事不賢，無處不德，以賢德爲居，身與賢德爲一，不動不搖，便可以止於至善了。「德善」則一切俗情舊染，也漸次消化，變爲眞情，不隱不瞞而「俗」歸「善」。

「居德」要做到無一德不賢，才能「居之穩」，「善俗」要做到無一俗不善，才算「行善到家」，德賢俗善，先天備足而後天化成，祇有善德而別無他物，返樸歸眞，就像山那樣厚重不遷，不動如如，像木的亭亭樹立。有爲事畢，無爲事彰，從此別立鼎器，再置鉗錘，用天然眞火，溫養聖胎，便可以入於神化不測的境域了。

爻辭

初六：鴻漸于干，小子厲，有言，无咎。

【語譯】

初六在漸卦的開始，由最下方剛剛開始前進，象徵仍然逡巡不前，鴻雁落在水邊，要登陸的躊躇相似，又象徵小孩子，體力弱，離群落在行伍後面的危懼，雖有怨言，但沒有災咎。

【釋爻辭】

「鴻」是鴻雁、大雁。「干」是水濱。「小子」是年輕人。「言」是怨言。

這爻以鴻比喻，鴻雁的飛行有序，且是寒來暑往的候鳥，行動與季節漸進符合，說明漸近不亂之義。

初六陰爻柔弱，象徵小孩子，體力弱，有離群落伍的危懼。又不與六四相應，無力應援，六四對他又有怨言，不過以漸進而言，不能勉強前進，初六慢慢的走，應該是沒有災咎的。

六二：鴻漸于磐，飲食衎衎，吉。

【語譯】

鴻雁前進到磐石上。在安定的場所，一面飲食，一面悠然養英氣，這並不是無爲徒食，而是等待飛躍之日，吉。

【釋爻辭】

「磐」是磐石。「衎衎」是和樂的樣子。爻到了二位，是雁離開岸邊，漸行漸至磐石之上，可以在上面和樂飲食。「二」是臣位，「五」是君位，有九五賜給俸祿，使六二和樂飲食，並不是尸位素餐，而是具備中正德性，穩當踏實而得吉。

九三：鴻漸于陸，夫征不復，婦孕不育，凶；利禦寇。

【語譯】

鴻鳥到了高平地，象徵丈夫出征沒回來，婦人懷孕而不能養育，凶。唯有大家團結，抵抗外侮。

【釋爻辭】

「陸」是平頂的高地，卦到三位，是鴻雁離開磐石，距水邊較遠了。九三剛爻居陽位，剛居六四之柔爻下，難以靜止，所以九三急於上往而不能守漸進之道，離群而單獨行動故一去不復返。

「婦」是指六四，九三六四相親結爲夫妻，但陰爻乘剛爲逆比，情意不合，婚急於進，懷孕不育，有凶。因此告誡九三，六四對你來說，不是婚媾，而是敵寇，只有防禦其來侵犯才有利，九三不上行，守住本位不動也可以保全自己。

六四鴻漸于木，或得其桷，无咎。

【語譯】

鴻鳥飛上枝頭，不失順從的態度。有可能得到安定的棲木，免於災咎。

【釋爻辭】

「桷」是探出房檐的平整方形木，雁居其上很安全。卦到了第四位，鴻雁由陸地漸漸進到樹枝上，雁是水中之鳥，牠的足趾相連不能握枝與鴨鵝同，樹木不是牠棲息之所。因爲六四爲柔爻，而乘九三之上，九三陽剛又急於上進，六四便有不安其所居的現象。但六四陰柔得位又是上卦巽體的主爻，處在漸近的時候，它能巽順形勢，不急於進，所以說「或得其桷」才能站得穩。

九五：鴻漸于陵，婦三歲不孕，終莫之勝，吉。

【語譯】

鴻鳥飛上了山陵，婦人多年不孕，但始終沒有被欺陵，家庭生活美滿，吉。這是先不好而後終得所願的象徵。

【釋爻辭】

鴻雁漸漸前進到高陵上，「九五」是尊位，相當於高陵，但「九五」雖與「

六二」相應；中間卻有「九三」與「六四」阻擋，尤其是「九三」，採取防禦外寇的姿態，使六二與九五相聚，以致三年都沒懷孕，不過九五與六二都中正，是正當的配偶，邪不勝正，故吉。

上九：鴻漸于阿（依江永、王引之，俞樾之說改），其羽可用爲儀，吉。

【語譯】

鴻鳥飛上了大山，它的羽毛光鮮美麗，可以做爲禮儀的裝飾。比翼不亂，又有節度，這是用羽舞象徵家庭生活的歡樂和幸福。

【釋爻辭】

上九在這一卦的最上位，群雁在山阿中飛舞，翅膀翩翩而動，非常整潔光鮮，隊形排列的很有次序，可供效法。

在漸卦之終，剛柔悉化，自卑而高，漸無可漸，聖胎完成，正當休歇罷工，修德修行，接引正來的時機，羽毛可用在禮儀的範式上，循序漸近，不可亂了次第。

漸卦，闡釋從停頓的狀態，邁步向前時，應該採取漸進的原則：

初六：鴻漸于干。──這是鴻雁在水涯下流之地，柔而不正的漸。

六二：鴻漸于磐。──這是鴻雁在平穩的石上，柔而得中的漸。

九三：鴻漸于陸。──這是鴻雁在平頂的大山上，剛而失守的漸。

六四：鴻漸于木，或得其桷。──這是鴻雁棲息在暫時休歇的桷木上，柔而守正的漸。

九五：鴻漸于陵。──這是鴻雁在山陵上，高而得中，剛柔混合的漸。

上九：鴻漸于阿。──這是鴻雁飛翔在山阿中，有比翼不亂之姿，全始全終的漸。

通觀六爻，都有漸道，只有初爻太弱，三爻太剛，不是漸的吉道，其餘的四爻，都能循序漸進，或柔或剛，各隨其時而行，這是漸近的全體大用。因此，漸近的火候當然要剛毅，也要把握中庸的原則。不可太勉強，不可冒進，應當穩當的把握時機，動靜隨自然，才安全，行動不會困窮。如果剛強過度，不停冒進，就有脫離群眾的危險。當然在漸進中，會有阻礙，但邪不勝正，必須以正當的方式突破。自卑而高，漸無可漸，陰陽渾化的同時，便能脫於世俗之外，不被名利所累，進退由心，可說是進的極致表現了。

心得記要

歸妹 ䷵ 震上 兌下 雷澤歸妹

【釋卦名】

歸是返，歸其所的意思。女子以夫家爲家，所以女子出嫁稱「歸」，古人的觀念認爲女人以夫家爲其所，終究是要回家的；親生父母家只是暫時寄養之處，一般稱爲娘家，到今天觀念仍沒有多大改變。妹是少女，歸妹便是少女出嫁。咸、恒、漸、歸妹四個卦都論男女婚姻之事，但又各有不同。咸，是男女感應結合的開始，恒，是男女結合成長久的夫婦。漸是男娶女。歸妹是女嫁男。

卦辭

歸妹，征凶，无攸利。

【語譯】

歸妹卦象徵交合不正，前往有凶，無所利。

卦德上震動，下兌悅，內悅而外動，以動而遂悅，順悅而動，就像女追求男，陰先陽後，交合不正，所以歸妹有交合不正之義，這是假中求眞的卦。

當人先天未破，後天未交之時，陰陽合一，陽統陰而陰順陽，一氣流行，生機不息，渾然天理，不待人力而自然合和，到了後天用事，先天眞陽，走失在外，識神借靈生妄，陰錯陽差，五行相雜，慾動情生，心與物交，由內而悅外，因外而動內，我家之陽，都被他家所消蝕，我家是東家，屬震，他家是西家，屬兌，東家爲主，五德是屬性，西家爲客，五德是屬情，以兌求震，是以情亂性，客氣賊害主氣。且兌爲金，主刑殺，震爲木，主生德，用刑殺而尅生德，陽氣日消，陰氣日長，消而又消，長而又長。陰純陽盡，雖不死也不可能，所以說「歸妹征凶無攸利」。

【釋卦辭】

但歸妹以兌去求震，雖交合不正，聖人有後天中返先天之道，若以震家而求兌家，不但不爲兌金所尅，而且能盜兌中擄去的眞陽，返還於震，情來歸性，刑變化爲德，木性愛金順義，金情戀木慈仁，金木交併，性情相合，由不正而仍歸正，還元返本，聖胎凝結，逢凶化吉。「無攸利」可以變成「無往而不利」了。我們可以從各爻爻義看看所謂交合不正之正是什麼。

大象傳

澤上有雷，歸妹。君子以永終知敝。

【語譯】

沼澤上有雷鳴，水面掀起波浪，這是歸妹的卦象。君子有見於此，以永保善終知道不正的敝端，預先防範。

【釋大象傳】

上震雷，下兌澤，是澤上有雷。雷主震動，澤主平靜，以雷驚澤，動干擾了靜，澤水向外滿溢，陰陽交合不正是歸妹的現象。君子有見於此，知陰陽有眞假，作爲有是非，眞陰眞陽交和出於自然，能夠致久遠；假陰假陽交和出於勉強，終不能長久，所以想要「永終」必須先「知敝」。「永終」是永於久遠之終；「知敝」是知其不正之敝。繫辭傳說：「窮理盡性以至於命」。性命之道全在窮理上定是非。窮理即窮這個陰陽交合之理而已。先天後天所爭的在毫髮之間，這邊是先天，那邊是後天，後天陰陽未嘗不交，但交而不正，無終有敝。就像世間盲漢或以爲心腎相交，或以爲任督相交，或子午升降，或男女採取，或鉛汞燒煉，或調和呼吸，如此等類，都是認假爲眞，強求合和，妄想長生，反而促死，敝害最大。修道者欲求永終之事，須先知敝，能知敝，便能不被邪說淫辭所迷惑，知敝後再求永終的事就離此不遠了。

爻辭

初九：歸妹以娣，跛能履，征吉。

【語譯】

初九在歸妹卦的初爻，有妹妹從姊姊出嫁爲妾的現象，娣之從嫁，如跛子猶能走路，所以吉祥。

【釋爻辭】

古代一夫多妻制，妹妹可以隨姐姐同嫁一夫稱「娣」，侄女也可隨從姑姑同嫁一夫稱「姪」。

初九爲剛爻得正位，又在一卦的最下，象徵娣有才德，而居下作妾協助居正室的姊姊共同侍奉丈夫，如同足偏不正而瘸，但能夠走路，走動的範圍有限，足不正而能行正，地位卑並不影響才德之美。

九二：眇能視，利幽人之貞。

【語譯】

九二爻象徵偏盲的人亦有所見，又象抱道自守的隱士，利於守正。

【釋爻辭】

九二陽剛不當位，卻得下體之中，陽剛有才德，又得中守中道而行，剛以柔用，外暗內明，就像偏盲的人亦有所見，抱道幽居，守貞不二，以性命爲一大事，自有眞樂，不戀假樂，無時不貞，無事不利。

六三：歸妹以須，反歸以娣。

【語譯】

　　六三象徵已經訂婚的女子，由於男方推遲了婚期，只好忍著性子再等待一個時期，但她專以顏色去討人歡喜挑逗人來娶自己，被男方休退回來，只好降低身份作娣才能陪嫁出去。

【釋爻辭】

　　「須」是等待。婦人嫁叫「歸」，被夫家所遣叫「反歸」。六三在一卦的第三位，地位並不卑下，不應該作「娣」。但以柔居陽不當位，與上六無應，又在兌體之極，陰柔無才德，務外失內，認假傷眞，自取下賤。若能悔而反悟，親近賢人，可免於不正之愆，反不正而就正。

九四：歸妹愆期，遲歸有時。

【語譯】

　　九四爻象徵女子錯過了二十而嫁之期，沒人來求婚未能及時嫁出去，但並非沒人要，雖超過了結婚的妙齡，遲早還是能出嫁的。

【釋爻辭】

「愆」是差違，過不及都是愆。「期」是二十而嫁之期。九四剛爻當位，是有才德的女子，但與初九無應，無人迎娶。這是因爲節操堅強，不肯輕易許嫁，以致延誤婚期。就如人煉己待時，非時不動，動必有時，由不正而待時復正。

六五：帝乙歸妹，其君之袂，不如娣之袂良，月幾望，吉。

【語譯】

六五爻象徵天子之女下嫁給臣屬於殷的周文王爲妻，只屈尊就卑，而且其所穿的新娘衣裳，還不如陪嫁者娣的華麗，更說明她內有美德，不重外飾。月近滿月，吉。

【釋爻辭】

「帝乙」是殷帝之名，紂王之父。「歸妹」是嫁少女給周文王。「君」是對夫人的通稱。「袂」是衣袖，比喻新娘裝。「良」猶如美好漂亮。

六五以柔爻居五得一卦的至尊之位而應九二，在歸妹卦中則爲有柔中之德的尊貴少女出嫁，所以用帝乙嫁女作比擬。指人能柔順虛心，屈尊下賢，雖柔必強，亦如月與日交，得以生明，月滿的光輝，不可限量。

上六：女承筐无實，士刲羊无血，无攸利。

【語譯】

上六象徵在神前起誓時，女子所捧的筐子沒有蘋蘩的祭菜，男子沒有捧羊牲的血，表示沒有實質，無所利。

【釋爻辭】

「刲」是刺殺。鄭玄：「宗廟之禮，主婦捧筐米。士昏禮，婦入三月而後祭禮。」古代的婚禮，女子嫁到夫家，三個月之後祭宗廟，婦人用筐盛祭品以祭祀，夫宰羊取血作祭品，意義在於奉告先祖娶妻生子後繼有人。上六以柔爻居陽位，下無應爻，又處一卦的極外之地，全卦之中柔居陰位，只此一爻，拿空筐、死羊祭祀，雖有祭祀的儀式，但無實際的內涵，虛有其表，結果不會美滿。

歸妹卦義疏

漸卦是男取女，歸妹表示年輕女子出嫁，但是此卦所示並非正常的結合。雜卦傳說：「漸，女歸待男而行也。歸妹，女之終也。」女以嫁到夫家爲得終，但必待男娶而後行，切不可主動急求下嫁，這已違反了女子應守之道。同時陰爻壓住陽爻，男動而女悅，就是爲了肉體關係而結合，缺乏了實質的愛，易經中四種表示男女關係（咸、恒、漸、歸妹），而此卦表示不吉的命運原因就在此，應充實精神方面，促進成長，使其成長而能長久維持下去，這種比喻不只應用在結婚，任何事都如此。六爻論女子下嫁的六種時態。

初九：歸妹以娣，跛能履，征吉。—是指時不正而能守正，有才德的女子，雖居妾位，能盡職盡責。

九二：眇能視，利幽人之貞。—是指守常道的女子，深藏在閨門之內，能守正而不入於不正。

六三：歸妹以須，反歸以娣。—是指陰邪不正的女子，被夫家休退，只好降低身分陪嫁出去，告誡她要反不正而就有正。

九四：歸妹愆期，遲歸有時。—是指晚嫁的女子，一心想選個好丈夫，由不正而待時復正。

六五：帝乙歸妹，其君之袂不如其娣之袂良。—是指品德高貴的女子，屈尊下嫁，結成了美滿姻緣，柔順虛心，借人歸正。

上六：女承筐無實，士刲羊無血。—是指昏愚無知的女子，虛有其表，強求強合，終歸不正而不知反正。

通觀六爻可知人若順其後天陰陽者，終會淪於空亡，若逆其先天陰陽的，必歸實濟。順便爲凡人，逆便爲仙，祇在中間逆運顚倒，後天返回先天，那裡容易知道呢？

豐 ䷶ 震上 離下 雷火豐

【釋卦名】

豐字，甲骨文、金文、小篆都從豆，豆字的古寫作豐，所以豐、豐、豆是同義字。豆字是一種行禮的容器，象木製的圓盤，下有圓足，是截圓木一段而挖空一頭，盛裝祭物，器內物多而美叫豐，李孝定說：「豆，豐美所以事神；以言事神之事則為禮，以言事神之器則為豐，以言犧牲玉帛之腆則為豐，其始實為一字也。」說文說：豐，豆之豐滿也。水滿曰滿，物滿曰豐。綜括古經籍豐字的含義：大也，滿也，厚也、茂盛、肥也，富貴，草茂，植物非菜也。甲骨文的豐字，上部[illegible]字內的兩隻羔羊，羊肥大叫豐，本卦豐字全為大的引申義。

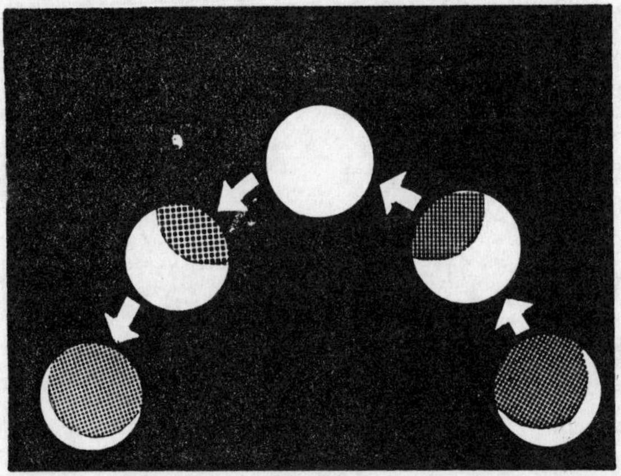

卦辭

豐亨。王假之。勿憂，宜日中。

【語譯】

豐是昌榮盛大。以明智而動，才能得盛大，王者已到了極致，不必憂慮，如日中天，不偏不倚，普照大地，惠澤無窮。

【釋卦辭】

卦體下離上震，離爲日、爲明；震爲動。離明在下震動而上行，象徵太陽升至高空無所不照極其豐盛。

火是明之象，運火即運明，明是覺察之德，能覺則有道心，而神知能察，則沒有人心而心明。神知心明，潛修密煉，明於動而動必明，其明日增，其動日大，明動並行，修道最爲容易。這是豐之所以有亨道的原因。

但是明動之豐雖然亨通，也須要知進知退，能大能小，防危慮險，才能使豐者更豐，亨者長亨，就如王格之有「勿憂，宜日中之道」，格是至的意思，任何事物都有其盛大的時候，但任何事物的盛大都還不到太陽中午光照的盛大程度，只有君王可與之相比。君王富有四海垂臨萬民，普天之下莫非王土，率土之濱莫非王臣，陽光所及，王權所至，盛大當然可以與中午的陽相比擬。

但是守中保大，惟有大德大才之人才能通達此理，日中之道是不偏不倚，進明豐足，火候已到，藥物已成，急宜灶底抽薪，住火停輪，當止即止，明不過用，進退隨時，剛柔相當，未豐前能致豐，已豐的能以保豐，更何必憂慮豐了以後又不豐呢？

大象傳

雷電皆至，豐，君子以折獄致刑。

【語譯】

雷電交相而至，這是豐的卦象。君子見此現象，以明智裁判訴訟事件，以威令公平執行刑罰。

【釋大象傳】

本卦上震雷下離火，雷以震之，電以照之，雷電相濟，威明並行，這是豐的卦象。君子有見於此，知道人處世間，認假棄眞，以苦爲樂，貪財好色，喪德敗行，作孽百端，入於昏暗不明的境地。就像人犯罪在獄，待時受罰。究其緣故，都是由於不知辨別眞假。因而該效電光灼照，窮究性命幽深之理，分別邪正，如判獄一般，明辨其中的眞假，不至於似是而非。效法雷霆萬鈞的剛烈，剷除客邪之氣，整頓精神。「致刑」的致是使無罪的解脫，有罪的殺戮，果斷直行，而不至於姑息養奸。

斷獄的人，用柔細辨，這是致知，致刑的人，用剛決烈，這是力行。聖賢身心性命之學，致知力行兩端，知而不行不能成道，行而不知，反而誤了性命，知而後行，明而後動，行以全知，動以驗明，「一日克己復禮，天皆歸仁焉」，學者若能辨理如同斷獄那樣明辨，果行如同致行那樣果決，何患不能到達富有日新，道德豐盛的境地呢？

爻辭 初九：遇其配主，雖旬无咎，往有尚。

【語譯】初九居豐之初，有遇其配元，明動相資，相輔相成，雖滿一旬也沒有虧蝕的災咎，前往則有功的象徵。

【釋爻辭】

「配主」是指九四，「初」稱「四」爲配主，「四」稱「初」爲夷主，夷是等的意思。九四是上卦震的陽爻，是震卦的主體，位置正當下卦「離」完成之後；離爲日，古時以十干記日，由甲到癸，十日滿一旬，又重新由甲記起，所以用「旬」比喻滿，超過一旬又轉爲虧。爲什麼初九與九四都是陽剛，是敵應關係，卻能夠相從合作而无咎呢？別的卦爻取剛柔相應，豐卦取明動相資，初九是明之初，九四是動之初，相資相輔，不會有災難。尚是指嘉尚。

六二：豐其蔀，日中見斗，往得疑疾，有孚發若，吉。

【語譯】

六二象徵用布簾把家的門窗都遮蔽得嚴嚴的，白天仍然陰暗，如同見得到北斗星般。表示在失意時，若仍輕舉妄動，會受疑惑與嫉視，要保守誠實之志，自然使人感動，吉。

【釋爻辭】

「蔀」是遮日的簾。引爲蒙蔽的意思。「豐其蔀」是指光明受到蒙蔽。六二居中得正，是離卦之主，有日中之象。「斗」是北斗星，卦中指六五。日中見斗，是指六二與六五的關係。六二本在日中，正是光明閃爍的白天，卻看見了只有夜間才能看見的北斗，說明白天變成了黑夜，光明被昏暗障蔽了。六五以陰柔居尊位，是個昏暗之君。六二前往從於六五，必遭猜疑忘疾。六二唯以自己的一片至誠之心，以求六五的感悟所以說「有孚發若」；六五感悟了，障去疑消，疑疾變成信任，結果還是吉的。

六二之所以有「日中見斗，往得疑疾」之象，主要在於明動不相資。六二是離明之主，居中得正，是處明而能明的，六五居動之體，陰柔不正，是居動卻不能動的，一個能明，一個不能動，是明動不相資。

九三：豐其沛，日中見沬。折其右肱，无咎。

【語譯】

九三象徵用厚厚的帷幕圍起，白天仍全然陰暗，連北斗星後面的小星也看得見了。不可進行大事否則右腕被折，需隱藏才能，才可無咎。

【釋爻辭】

「沛」即是旆，遮蔽強光的幔子。「沬」同昧，星名，斗杓後的小星，小星出現則日全蝕。六二好像日未全蝕，僅能看見北斗星，九三正當過午陽光還豐盛之時反而變得更加黑暗，好像日全蝕了，連北斗星後面的小星也看得見了，比喻九三過中，明而轉暗，愈動則愈不明。

九三陽剛居明體之上，本應能明才是，但上六陰柔處在無位之地，又在震之終極，動也動不了，明而不能動，不可大事，即告誡九三應知明傷採無爲之道，人作事要靠右肱，右肱折斷，便無可作爲，無爲則無咎。

九四：豐其蔀，日中見斗，遇其夷主，吉。

【語譯】

九四象徵用布簾把家的門窗都遮蔽的嚴嚴的，白天仍然黑暗，如同見得到北斗星般。但前進可遇協助（初陽）者，吉。

【釋爻辭】

九四與六二辭相同，義相類，二爻究竟有什麼不同呢？九四在上卦震體主爻，不在離明之位，因而能動不能明。「明動相資」是動以明而不過中。九四能動不能明，正需要下體的離明之助，六二由於居中，九四遇到夷主「有孚發若，吉」因此明動相濟。夷是夷藏，視而不見，大凡眞正修道之士，被褐懷玉，多隱於卑下之處，人不能識，四能遇見，彼此勸勉，養明而不傷。

六五：來章，有慶譽，吉。

【語譯】

六五象徵招聘賢者（二陽），加以重用，可得慶譽，吉。

【釋爻辭】

「章」是文采，美麗的花紋，喻美德。「來章」是指招徠賢才。六五之豐卦的主爻。卦辭所說：「王格之」，即指此爻而言，六五陰爻在君位，是昏君，本來不具有吉祥的條件，但如果能使對應的「九二」賢才來輔佐，就會得到吉慶與榮譽。卦義重在以光明普照天下，六五本身不明卻有柔中之德，善於招徠六二彰美光明之才，達到豐大天下的目標，以中德致豐保豐，恰與卦辭「勿憂宜日中」

之義合。

上六：豐其屋，蔀其家，闚其戶，闃其无人，三歲不覿，凶。

【語譯】上六爻象徵把自己閉藏在宏壯邸宅，設厚厚的窗板，由門縫裡窺視，空空蕩蕩的，見不到人影，有三年之久無人可見，凶。

【釋爻辭】「闚」同窺字。「闃」是空，寂靜的意思。「覿」ㄉㄧˊ是相見。上六陰柔無能，在豐卦的極點，上卦動的終了，因而不安定；下的光明，也不能到達，以致黑暗，象徵不明而動，盲目而行，居豐好大，愈好大而愈不豐，孤立自己，把家裡的門窗遮蔽得嚴嚴的，一點光線也進不去，往裡窺視什麼也看不清，這一事例說明上六昏暗不明至極，盲目而動的結果把自己都給毀滅了。

豐卦義疏

豐卦，闡釋盛衰无常的道理，雖然卦名是盛大發榮的豐，但是全卦卻暗無天日，諄諄告誡盛極必衰，加以警惕。並且強調豐大之時，要知守中，知守中則爲明智之人，以其明智而行動即可達到「勿憂宜日中」，守中而保大，因此，六爻都以明動相資論得失，又以爻位能否保持均衡關係爲得中不得中：

初九：遇其配主。—這是在豐之初，應同德之賢，剛而致豐於始的時候。

六二：豐其蔀，日中見斗，往得疑疾。—這是日光受蔽，疑疾犯難誠以借剛濟柔，奮發精神，柔而借剛致豐的時刻。

九三：豐其沛，日中見沫。—這是過中明而轉暗，愈動愈不明，自取敗亡，剛而不能柔之豐。

九四：豐其蔀，日中見斗，遇其夷主。—是指剛居動體，近於陰暗小人，但遇夷主養明不傷，是剛而能柔之豐。

六五：來章，有慶譽，吉。—這是得了六二離明之助，明動相資，獲得吉慶，指柔而無之豐。

上六：豐其屋，蔀其家，闚其戶，闃其无人。—這是虛裝門面，入於黑暗不明之地，見凶於終，柔而頑空之豐。

通觀六爻，豐之爲道在於未豐滿之前，當先明而後行而得豐，窮則通，通盛必衰，各爻辭敘述在受黑暗支配的情況下，要以明智而動的處身方法，如何保豐？各隨其時防危慮險，用明運火，不失之太過又不失之不及，總以得中爲吉。

賢明的領導者，應當積極求發展，創造財富，使天下分享豐衣足食的生活，然而也當了解昌榮盛大容易迷失，必須居安思危，以誠信啓發全民意志，堅持剛正的態度，精誠團結，任用賢能積極作爲，才能持盈保泰，享受豐盛的結果，不致因盛大產生流弊，導致毀滅，否則得意忘形，自我陶醉，必陷入孤立無援，閉塞不通，完全陷入黑暗了。

心得記要

旅 ䷷ 離上艮下 火山旅

【釋卦名】

旅字，甲骨文、金文作，乃多人執旗而行之狀。說文解字說「軍之五百人」爲旅，引申爲「眾」。旅字又引申爲行商，易復卦說：商旅不行。行商也是成群結隊而行，所以叫「商旅」。領隊拿旗子爲前導，住宿的地方叫「逆旅」。因此引申寄身在外的稱旅客，失其本居而寄居他鄉的叫羈旅。

卦辭

旅，小亨，旅貞吉。

【語譯】

旅，是小有亨道。惟羈旅在外，宜守正

以獲吉。

【釋卦辭】

「旅」，是羈旅。即流離他鄉，寄住外地的人。旅居在外，寄人籬下，只能求小通以安其身，不可求大通以干大事，所以說：「小亨」。卦德上離明下艮止，止以用明，明本於止，止明而不輕用，有過而不留之義，這是養火出塵的卦。

修道者，先須看破世事，一切萬緣萬有，用「旅」道去看待，不悅假而傷眞，不因外動內，明於止而止於其所，止於明而不傷明，明止並用，可以在塵而出塵。「小亨」，是以止行明，明不妄用。「貞吉」，是明本於止，止於至善。以止行明，對景而忘情，明本於止，黜聰而毀智，不動不搖，像山穩重厚實在地上，不昏不迷，像日光普照天上，內無所動，外無所昧。臨事以明應照，無事以明知止，無貪無求，不迎不隨，不留不滯。

旅的道理不外「一過」而已，不可久戀他鄉，忙著顧於外而忘其內，逐於末而棄其本。可以明便明，雖明也止，當止便止，雖止也明，明止如一，有何不亨？有何不吉呢？

大象傳

山上有火，旅。君子以明愼用刑，而不留獄。

【語譯】

山上有火，是旅的卦像。君子用以明白謹愼用刑之道，而不留下冤獄。

【釋大象傳】

本卦上離火，下艮山，是山上有火，山上之火燃不太久，一過便沒有了。這是旅過而不留的現象。君子有見於此，知道獄事關乎人的性命，治獄不明則冤屈難伸，用刑不當，則殃及無辜的人，所以要效法火的明照，辨別屈直對錯，使負罪的人甘於受罰，效法山的敦厚，謹愼刑法，可以輕就輕，可以減就減，使用刑不濫。既明又愼，隨辦隨結，不留下疑獄，也不過於苛刻。

修道者用明之道，所以破妄，謹愼而不過用其明，所以養眞而已。去妄存眞也就像明愼用刑而不留獄的道理一般，用刑斷案貴在明，明則往往不愼重，唯有既明又愼重才可用刑斷案，該判就判，不使訴訟者久留於獄中。明爲效法離火之象，愼重爲效法艮山穩重之象，不留獄爲效法野火在山上不久留之象。

爻辭 初六：旅瑣瑣，斯其所取災。

【語譯】

旅卦的初爻：斤斤計較一些瑣碎細小的事而無遠大抱負，使人很討嫌，從而招來許多忌恨，災難也就隨之而至。

【釋爻辭】

「瑣瑣」是細小的樣子。初六以柔爻居一卦的最下又不當位，在旅卦則爲陷入困旅之境的柔弱之人，身窮志短行爲卑賤，吝嗇小器，所以招來災難，難以致小亨了。

六二：旅即次，懷其資，得童僕，貞。

【語譯】

六二爻象徵出旅時得著住宿之處，旅費充足，又有忠實的僮僕服侍，沒有災尤。

【釋爻辭】

「即」是就、住。「次」是停止、旅舍的意思。六二以柔居陰位又得下體的中位，柔順中正而不過柔，如同在旅行中投宿在旅舍中；帶著充足的旅費，又有忠實的僮僕，又安定、又安心、又可靠。具備了這些旅行條件，所以同居家內相差無幾了。

九三：旅焚其次，喪其童僕，貞厲。

【語譯】

旅途中，投宿的旅舍失火，隨身的僮僕又逃亡，如果堅守此道而不知變，必然危險。

【釋爻辭】

九三以剛居陽位過剛而不中，又在下卦的最高位，態高傲，不能爲人所容，又非常刻薄，於是，它所住的房舍被人放火燒毀了，僮僕也跑掉了。告誡旅居在外行柔中之道才能有人資助。

九四：旅于處，得其資斧，我心不快。

【語譯】旅途中得滯留的場所，雖然資質剛柔並濟，又有才幹，因寄人籬下，才幹沒有發揮，心中怏怏不快。

【釋爻辭】「處」是居，次與處有分別，暫住稱次，長居叫處。「資斧」，是旅行時攜帶的錢財與斧頭，在露宿時，用斧頭砍荊棘，便於紮營。九四陽爻陰位，剛柔並濟，又在上卦的最下位，態度謙虛，故能得安穩的住處。但是九四資質剛而能柔（資），有才幹（斧），因寄人籬下，才幹並未發揮出來，所以心中怏怏不快。

六五：射雉，一矢亡，終以譽命。

【語譯】射雉命中，雉帶著箭而逃。不過，高明的射藝受到重要人士的認可，最後接受很高的榮譽。

【釋爻辭】

六五是上離的主爻，離爲明，所以用羽毛光鮮的山雉比擬。六五陰爻得中，柔順中庸，就像射山雉，雖喪失一枝箭，終得到榮譽與爵命。古時被任命爲官吏時，將有山雞當作禮物，獻給君王的習俗，以象徵立身處世光明磊落的態度。

上九：鳥焚其巢，旅人先笑後號咷，喪牛于易，凶。

【語譯】

處旅之極；有鳥在樹上做的巢被燒，由於高傲剛猛，所以有先樂後悲，先笑後號咷大哭，又有在郊外喪失牛的象徵。

【釋爻辭】

「易」是埸、田畔、國界。「牛」是柔順之物，比喻旅居之人，應效法牛以柔順爲主不逞剛強。上九在最高位，所用鳥飛得高作比喻。剛爻居上，倔強傲慢，在旅途中這種態度，終爲人所不容而「焚其巢」無處安身是必然的，起初洋洋得意，最終必然號啕大哭。在田畔丟失了牛，象徵喪失了柔順的德性去處旅，所以凶險。

旅卦義疏

人生本是漫漫長程的旅途，不要無明執著，才可過而不留戀，做完該做的事，返回天鄉。旅卦論述處旅的事，旅居在異地孤身寡親，需要投靠他人，志卑則遭辱，高傲則難以容身，唯有柔順中正而守信才能得人心，受信任，得尊敬，足以擺脫窮困之境。依據這個時義，六爻舉出六種處旅之人：

初六：「旅瑣瑣」。—是器量狹小，柔弱志卑，是柔而不正之旅。

六二：「旅即次，懷其資，得童僕」。—柔順得中，能隨遇而安，是柔而中正之旅。

九三：「旅焚其次，喪其童僕」。—質剛而用剛，被主人所驅逐的處旅之人，是剛而太過之旅。

九四：「旅于處，得其斧資，我心不快。」—質剛而用柔，很不得志的處旅之人，是剛而不得時之旅。

六五：「射雉，一矢亡，終以譽命」。—剛柔適中，獲得爵祿官位，窮困而致通的處旅之人，是柔順而能和先之旅。

上九：「鳥焚其巢，喪牛于易」。—用剛而喪其柔，是無人過問窮困潦倒的處旅之人，是明而誤用之旅。

通觀六爻之旅，只有六二爻是既能旅於內、旅於外，剛於旅，柔於旅，又能止於內而旅於外，所以貞正吉祥，而六五爻也能虛於己而旅於人，所以「終以譽命」。知道這個道理的人可以處世不滅世，可以在世而能出世了。

易經緯書的「易緯乾坤鑿度」中，有記載孔子筮得此卦的故事。當時孔子未詳解易，所以請商瞿氏判斷。他說：「小亨，故抱聖智，難得位」，於是孔子流淚，悟覺已道難行，認眞研究易，完成十翼。

心得記要

巽 ䷸ 巽上巽下 巽爲風

【釋卦名】

巽字，在甲骨文的初形是卩卩，象兩人跪膝相從之形，金文寫作巺。它的本義是伏，伏則卑順，所以引申爲順，所以易經雜卦說：巽、伏也。巽的卦象屬風，風是空氣的流動，空氣無孔不入，所以假借爲「入」。卦象一陰起於乾陽之下，陰初遇陽而好合，陰不能自主，一定得順從陽，陰陽相從叫巽，因此凡物象陰陽配合無間便是巽象，巽順二字同聲同義，陰順陽，所以柔而美。論語子罕篇說：巽語之言，能無說乎？馬融解釋說：巽、恭也。從字形和訓詁求巽字的音義是相從、相合、柔順、恭謹、謙讓、俛伏等含義。

卦辭

小亨。利有攸往，利見大人。

【語譯】

小有亨道，積極行事，萬事順利。利於順從高明的指道者。

【釋卦辭】

卦體一陰伏於二陽之下，以柔道而行剛道，以剛道來壓制柔道，不急不緩，進次而進，內順而外順。下順而上順，由近而達遠，自卑而登高，像風漸吹漸遠，漸吹漸高，無處不到，所以巽有進入、伏下，柔順漸進之義，本卦是柔巽進道的卦。

柔巽便能耐久，漸進則能深入，柔巽漸進，愈久愈力，工夫不缺，終必至於深造自得，所以巽小而有亨道。

但能「巽」雖是亨道，有人能巽於下不能巽於上，有人能巽於上不能巽於下，有人能巽於順不能巽於逆，也有人巽於始不能巽於終，凡此等等都不能確實行巽進之道。巽而不通，就要反省，求知行合一，剛柔並用，能上能下，能順能逆，能内能外，始終如一的巽。如此唯有中正大人能處，所以說「利有攸往，利見大人」。

大人，以性命爲重，以道德爲貴，視幻身如枯木，視富貴如浮雲，内常有餘，外似不足，眞履實踐，漸次進步，心堅志遠，不到大道完成之後，決不休歇。

大象傳

隨風，巽。君子以申命行事。

【語譯】

風風相隨，這是巽卦的象徵。君子有見於此象，凡事先申明在先，然後實踐其言於申命之後。

【釋大象傳】

本卦卦體兩巽相重，是風與風相隨而吹拂，萬物又隨著風的吹拂而搖動，有萬物順從上天命令而動之象。君子有見於此，應「申明行事」。我們與人相處，不可能不發生事情，有事不能無行，凡行事須當從容不迫，倘若行事急遽而不與人同事，當預先申明其所以然，人不隨同我，不讚同我，那麼行事有所不成。所以先申命而後行事。「申」，是申明，「命」是命告，「申命」，是所以告戒於行事之先；「行事」，是所以實踐其言於申命之後。不要單獨行動，如同萬物隨風即上天的命令而搖動。

凡「命」也不拘於君上申命於百姓，凡是尊長爲首領的，告示卑下眾人是命，凡修德立業，積功累行，苦己利人，人秉承天命而行都是命，還未行事而先申命，那麼眾人知其事在當行，一人倡於前，眾人隨於後，行事沒有不成的。論語顏淵篇上也說：君子的德行像風，人民的德性像草，風吹到草上，草必定伏倒。本卦也就是這個意思，君與人爲善之道如風風相續，並行不悖，入人深長久遠。

爻辭

初六：進退。利武人之貞。

【語譯】

巽卦的初爻：象徵進進退退，優柔寡斷，要像武人一般堅決精進的節操才行。

【釋爻辭】

「進退」，是猶豫不決的意思。初六處巽卦之最下，以陰柔之質居陽剛之位卻柔而無剛，逡畏不力，方進即退，終難深造，毫無武人勇決之精神。爻言利武人之貞，即教人當以武人之勇猛精進爲法，振奮己身之志氣，則未有入道不利者。

九二：巽在床下。用史巫紛若。吉。无咎。

【語譯】

巽卦的第二爻：象徵以謙虛的態度跪在下床，由於史巫往來傳話疏通的結果，心中誠篤不疑，吉而無災咎。

【釋爻辭】

「巽」是自謙之意。「床下」即下床。九二以陽剛之質居於下床而能不失其正。「史巫」爲通誠意於神明的人（程傳），「紛若」是奔忙的樣子，「若」是助辭。即言如史巫卑以事神，神自當信其誠意而降福。九二剛爻本來與九五相敵不相應，不相應便不能順從命令，只因它得下體的中位，可謂能屈又能伸，因此它才能跪在地下，又疏通關係，終於獲「吉」。

九三：頻巽，吝。

【語譯】巽卦的第三爻：反反覆覆的順從，象徵人過於自滿，瞧不起別人，不能虛心向人請益。終至誤己。

【釋爻辭】「頻」，屢次也（程傳）。九三以陽居陽，表裏皆剛，故師心自用，不能行巽順之道。故頻失而不能前，自得悔吝。

六四：悔無。田獲三品。

【語譯】巽卦的第四爻：無悔。象徵人能順於上下，得上下之濟。好比田獵而獲種種獵物，能分而爲三，遍及上下。

【釋爻辭】

「品」，是等級的意思。古代天子諸侯打獵，按射中野獸的部位劃分三個等級。射中心臟是上杀，曬乾後供祭祀用；射中髀骼的爲中杀，可供宴賓客；射中下腹的爲下杀，可供自己享用。六四順從九五君王的命令去打獵除害，一舉而獲三個等級，足見柔以順乎剛爲有功。處世得當雖柔弱能強。

六四以陰居柔位，不失其位，上承九五之剛，下乘九三之剛，處上能下，故能無悔事。如田獲分而爲三，遍及上中下，以成巽之功。

九五：貞吉。悔亡。无不利。无初有終。先庚三日。後庚三日。吉。

【語譯】

巽卦的第五爻：象徵人處世以中正，是吉。如此貞正，則雖柔巽，亦無悔，故無不利。其柔巽之態度，雖初看似不妥，但其運用得當，剛中有柔，柔不失剛，故能全其功而獲吉。

【釋爻辭】

「貞」是正中（程傳）。即開始巽以自下，似乎用柔傷剛，既而巽進於上，反能借柔全剛，是無初有終之象。如月之由二十八至三十，光輝全隱，是謂巽藏其陽。由初一至初三，則現蛾眉之光，是謂巽進其陽。先巽下而深造用其柔。後巽上而自得全其剛。剛巽之利，其吉最大。

上九：巽在床下。喪其資斧。貞凶。

【語譯】

巽卦的最上爻：象徵卑遜太過，反而自失剛道，雖貞也凶。

【釋爻辭】

上九以陽剛居陰柔之位，故曰巽在床下。但其居全卦之極，處巽之終。卑巽太過且上偏而不中，是用巽不得其正，其剛正之本性喪失，好比用以斷物之斧已失，有物亦不能斷，必得而復失，前功俱廢，故貞而有凶。

巽卦義疏

巽卦講柔巽漸進之功。但能巽雖是亨道，但知其巽而不能行其巽，或能巽下不能巽上，能巽上不能巽下，或巽於順不能巽於逆，或巽於始不能巽於終者，此皆不能行巽進之道。巽而不通，就該求其知行兼能，剛柔並用，能上能下，能順能逆，能內能外，能始能終。故以六種情況來表現如何善用剛柔之道而全巽進之功：

初六：柔爻在下爲卑順之民，不知所措則補之以「武人之貞。」——這是柔而借剛的巽。

九二：爲剛中之臣，經過疏通而後得「吉」。——這是剛而能柔的巽。

九三：剛而不中難巽順而得「吝」。——這是剛而不能柔之巽。

六四：爲巽順的近臣而「田獲三品」。——這是柔而中正之巽。

九五：爲君王申命，剛柔相濟，中正平和，全功得「吉」。——這是剛柔兩用之巽。

上九：喪失其陽剛之質又巽順得過分，「貞凶」。——這是柔過於剛之巽。

由此巽進漸入之道，須要識急緩、辨吉凶、知止足。可剛則剛，可柔則柔，隨時而用，才能竟其功。

兌 ䷹ 兌上 兌下 兌爲澤

【釋卦名】

兌字從甲骨文起到現在形狀沒有什麼改變。說文說：兌、說也。兌象上闕開口之形，開口發言爲說，開口嘻笑爲悅。「兌」通悅，悅萬物的莫過於澤，河澤可長草木，可耕、可漁、可獵，可陶、可牧，對人生之利甚多，引申爲恩澤、德澤，恩澤普及天下而物悅。萬物到秋季而結實成熟，所以秋成而歡悅，普通人以受利益爲悅，而君子以朋友講習進德修業爲悅，兌卦象辭說：麗澤兌，君子以朋友講習。論語首章：學而時習之，不亦說乎？都是講君子以成學成德爲悅。

卦辭

兌，亨。利貞。

【語譯】兌是亨通的，利於貞正自守。

【釋卦辭】卦體二陽在下，一陰在上，虛於外而實於內，取象是澤，卦德是悅。澤所以浸潤萬物，悅成萬物。內悅外悅，自內而達外，由外而通內，內外相合，彼此無間，所以叫兌，這是悅於進德修業的卦。悅於道便能行道，樂在其中，所以兌有亨道。更利於貞正自守，「貞」便「利」，而順遂其悅。不貞便不利，而不能悅樂。

下兌是內悅，上兌是外悅，內實外也實，內虛外也虛六爻之中內外相應。實悅是眞悅，虛悅是假悅，眞悅久遠，假悅短暫。利於貞，才是內心眞正悅樂的源泉。眞實修道的人，不悅於聲色貨利，而悅於仁義道德，自然有眞悅，不追求假悅，一步一趨，都從身心性命上用工夫，悅於始而全於終，悅而未有不亨，亨而未有不利的。

大象傳

麗澤，兌。君子以朋友講習。

【語譯】

兩澤相附相連，這是兌卦的象徵，君子有見此象，便知與同心同道的人，彼此講論義理，熟習德業。

【釋大象傳】

本卦兩兌相連相附，彼此滋益浸潤，兌悅之象。君子有見於此，知性命之道最深，毫髮之差有千里之失，所以與朋友講習。孔穎達說：同門叫朋，同志爲友。所以朋友是同心同道的人。理不講不明，講不習不精，講是講其所未明，講多則義理愈明，習是習其所未熟，習久則踐履愈熟，此講彼習，彼講此習，反覆論辯，來往追究，刻入深進，而後有得。

一人的知識有限，衆人的意見無窮，我有不知，借朋友以講明，朋友不知，借我來講明，講而又習，不知的必然知，不精的人必然精，得心應手，深造自得，這是效法兩澤相連，相互滋潤之象。

爻辭

初九：和兌。吉。

【語譯】兌卦的初爻：象徵悅出自然至於平和，能大能小，不傷其剛，自致其吉。

【釋爻辭】兌卦初九陽爻處陽位居最下，所應所比都是剛爻，與柔陰不發生關係。陽剛則不卑，居下則能巽。處兌則能和而不流之象，故曰和兌。

九二：孚兌。吉。悔亡。

【語譯】兌卦的第二爻：象徵人若能志存誠信，悅於眞理而不悅於虛幻之事，就能吉而無悔。

【釋爻辭】九二以陽居陰位，剛中爲孚，居陰爲悔；但若能以孚信內充，自能悅於眞，所以能吉而無悔。

六三：來兌。凶。

【語譯】兌卦的第三爻：象徵人捨眞逐假，不以正道而悅外，終成修道之障礙而得凶。

【釋爻辭】「來兌」，是舍己就外以求悅。六三以陰柔之質居陽剛之位，處不當位，不悅於內而悅於外，就陽以求悅，悅不以正道，枉己求悅於人，所以凶。

九四：商兌。未寧介疾。有喜。

【語譯】

兌卦的第四爻：應該選擇那一種悅（物質或精神的）？無法決定而迷惑。深思熟慮後，毅然排除邪道，便可獲得眞正的喜樂。

【釋爻辭】

「商兌」，是衡量忖度所兌。「未寧」，是尚不能確定，心裡不安。「介疾」，是介然自守，與疾惡小人劃清界限。九四上承九五，下比六三，六三邪媚不正，九五剛中守正，因此動搖於三、五之間，何去何從拿不定主意，心裡商度權衡，不得安寧，然而九四以陽剛之質居柔位，故能剛以柔用，凡事擬之而後行，議之而後動。行事戒愼恐懼，不敢順悅而行事。除其弊則無害有喜。

九五：孚于剝，有厲。

【語譯】

兌卦的第五爻：象徵告誡九五，切不可信任和親近上六諂媚奉承的小人，如果親近他，就會剝消你的意志，腐蝕你的本性，親小人而遠君子，故其過日增而其善日減，其惡漸長而德漸消，必自招危厲。

【釋爻辭】

「剝」爲陰消陽，腐蝕的意思。九五以陽剛之質居至尊之位。過份自信，不與下卦九二相應而與上六相近，爲遠君子近小人之象，有如陰消其陽，必有危厲。

上六：引兌。

【語譯】

兌卦的最上爻：象徵一些巧言令色者，引誘別人以悅錯路，終將不能悅人，人亦不悅彼。

【釋爻辭】

「引兌」，以陰引下二陽相與爲悅。上六以陰柔之質居兌卦之極，居高以柔，不但不思己虛，反引下二陽相與。但人之悅，人自悅，非可引者，故終不能悅人，人終不悅我。但悅有眞假，其吉凶悔吝不一，故本爻未斷吉凶。

兌卦義疏

兌卦所象徵悅樂之象，以六種不同悅順之道闡明眞正的兌樂要合乎正，是一眞實、正大而非虛假、偏狹的悅樂，六爻論述如何處悅而側重警惕不正，以剛爻爲能正，柔爻則陰不正：

初九：和兌。是剛而有守之悅。

九二：孚兌。是剛而得中之悅。

六三：來兌。是柔而務外之悅。

九四：商兌。是剛而能柔之悅。

九五：孚于剝。是剛而自滿之悅。

上六：引兌。是柔而務外之悅。

以剛而居正之初九表現悅出於自然，絕無勉強之和兌，必能致吉。實於中內有主宰之九二表現出於誠信之孚兌必能吉而無悔。柔而不中專悅於外的六三表現出小人側媚之來兌，必致其凶。剛以柔用，戒愼恐懼不寧於處之六四表現謹愼所悅必能有喜之商兌。自滿自盈能剛不能柔之九五，表現若不知親近有德者反而與小人親近之人，必致危厲。悅見於外，悅人悅其所悅之上六，表示若以無爲有以虛爲實之輩，不思己錯反引人悅之並以此悅人之引兌，終將不能悅人，人亦不悅我。故悅總以得正爲貴，正則亨，不正則不亨，修道者不可不愼。

渙 ䷺

巽上
坎下

風水渙

【釋卦名】

渙字，金文寫作[illegible]，象兩手捧水流散的樣子。小篆寫作[illegible]，從水奐聲。渙、散流也。因此凡集合之物分散叫做渙。序卦傳及雜卦傳解釋爲渙離。而奐（美好）、渙、煥（文飾、修養）三字，古書多通用，漢碑仍常見。本卦上巽下坎，巽是風，坎是水，是風行水上之象，就像江河之水冬季結冰，春天融化經大風的吹動之後冰裂舒展散開又重新爲水（詳見大象傳）。就水而言，凝結成冰就成了不動的死水，是窮困而不通，冰渙散而成水又重新流通，由不通而致通。又巽爲木，坎爲水，都因巽坎本質相異所以有渙散分離的現象。

卦辭

渙，亨。王格有廟。利涉大川，利貞。

【語譯】 渙，是亨通的。當天下離散之時，王能至於廟堂，聚至誠獲神佑般，就能聚合人心，會像渡川得筏克服險難，利於貞正自守。

【釋卦辭】 卦體下坎，一陽藏在二陰之中，陽被陰所陷，先天藏在後天之中，上巽一陰潛生在二陽之下，陽被陰所傷，暗中消陽，這是渙所以形成的原因。

這個「渙」，是比喻人陰陽不交，性情乖違分離，使它重新整治歸於中正平和的卦。如何濟渙呢？仍不外巽進之道，使順而消陽的陰氣，逆轉而扶陽而已，能逆其巽於後天中返回先天，漸次進步，不急不緩，去邪存誠，克己復禮，散者能整，依然是當日原物，因此渙中反而有亨道。

所謂「亨」，是外有險而心不險，外有險而內不險，借柔而行剛，以陽氣而化陰氣。就像「王格有廟」一般，格是至的意思，「有」字作語助詞。用誠事神，神便降臨。也像木順水性，利涉大川，而險可濟。人之所以陰陽散渙，都由於用人心而棄道心，一行一步，都在險地，如果用道心而去人心，在虎穴中討命寶，在龍潭裡探明珠，在險境中巽進通險，順逆之間，因事制宜，道心常存，人心永滅，五行攢簇，四象和合，那裡有渙呢？

大象傳

風行水上，渙。先王以享于帝，立廟。

【語譯】

風在水面上吹拂，這是渙卦的象徵，先王見此現象，祭祀上帝，建立宗廟，防止民心離散。

【釋大象傳】

本卦上巽風，下坎水，是風行水上。風性善入，不能入水，水性下流，不受於風，彼此不合，這是渙的卦象。但風雖不能入水，卻能順著水性而吹，水雖不受於風，能隨風吹而揚波，又有濟渙之象。先王有見於此，知人性秉於天，就像天大無涯而神氣無所不在，渙散於天地之間，身體受於親，合其散聚於一身，雖然尊卑貴賤各有不同，善惡邪正，各不相等，然其秉受根本則是一樣的，以此享帝敬天，立廟祀祖，使人人皆知敬天祀祖，不忘根本而已。根本不忘，本立而道生，改過從善，風俗移易，使渙散的情形，合而爲一。修德君子如能深刻明白濟渙的意義，敬天而不違天，報本而不忘本，殺中求生，害裡尋恩，那麼四象可以和合，五行可以攢簇，仍是生初本來面目，那裡會渙散不聚呢？

爻辭

初六：用拯馬壯，吉。

【語譯】

初六爻：由於有壯馬的拯救可以濟渙於始，故吉。

【釋爻辭】

初六正當渙散的開始，拯救這種危難較爲容易，但宜速不宜遲，遲則愈渙散。初六柔弱，必須得到壯馬（九二）才行，初六順從九二是順應客觀形勢的變化而行動，辨之早，行動快，可以達到拯渙的目的。

九二：渙奔其機，悔亡。

【語譯】九二爻象徵離渙時投奔到可倚靠的支援者（初陰），沒有悔事。

【釋爻辭】「機」是几，古時席地而坐，坐所靠的矮腳桌子。九二陽爻陰位不正，應當有悔事，不過九二是內卦的中位，就像坐下來依靠在矮桌上，得以安定，使預料中的後悔消除。渙散時得中爲安。

六三：渙其躬，无悔。

【語譯】六三爻象徵犧牲自己，爲人服務，沒有悔事。

【釋爻辭】

渙卦第三爻：喻人心渙散的形勢更加嚴重，而六三以柔爻居陽位而不中，本有悔事，但卻以忘身的精神去濟渙，又得上九相應得助，終得合聚而不離散。

六四：渙其群，元吉。渙有丘，匪夷所思。

【語譯】

六四爻象徵能統合成群不相離，大吉大利。聚散如同山丘那樣穩固，達成常人難以想像的大事業。

【釋爻辭】

「群」是群聚。蘇軾：「夫群者，聖人之所欲渙以混一天下者也。」人心渙散則不成群，唯有混合天下為一則成群而不相離，因此得「元吉」，元吉就是大吉。「夷」是平常人。六四陰爻陰位得正，上與「九五」的君王接近，當能擔任拯渙的人，在下無應象徵沒有私黨，私黨解散，促成大團結，群眾如山丘凝聚，這是平常人難以想像的壯舉。

九五：渙汗其大號，渙王居，无咎。

【語譯】
渙卦的九五爻：面臨渙散的危機時，要向天下發出令出必行的號，加以防範，也要蓄積財貨，散發給百姓，不會有過咎。

【釋爻辭】
「汗」是指出號令如汗發不能收回，君王的命令也是如此，所以有「綸言如汗」的說法。「大號」是君王的號令。「居」是囤積居奇的居，蓄積財富的意思。九五陽剛中正，在君位，是聖明的君王，當天下渙散的時候，令出必行，王蓄積財富，也發散給天下人民，使渙散得以防止，可以無咎。

上九：渙其血，去，逖出，无咎。

【語譯】
渙卦的最上爻：遇到流血之難，遠離危險，去除災害，不會有災咎。

【釋爻辭】
「血」是流血的傷害，「逖」是遠的意思。上九已是渙散的極點，上卦的巽體三爻都是濟渙出險的情況，但三爻中唯有上九想與坎險的六三有應，有重新陷入渙散的危險，所以遠離可能受傷的六三，就不會有災難。

渙卦義疏

渙卦是解釋挽救渙散的原則，既要以聚而能散爲通，又要以散而能聚爲通，所以六爻論述不同的時空中怎樣濟渙爲本義：

初六：用拯馬壯，吉。——始渙急救而獲吉，是濟渙於渙之初。

九二：渙奔其機。——剛而得中，道心穩定，是處渙而安於渙者。

六三：渙其躬。——捨身濟渙終能與上九合聚渙散，是遇渙而能救渙者。

六四：渙其群，元吉。——同心同力濟渙成群而得吉，是有渙而歸不渙者。

九五：渙汗其大號。——發出統合的大號令，蓄積財貨發散百姓得「无咎」，是渙假而全眞者。

上九：渙其血，去逖出，无咎。——遠離災害得「无咎」，是渙終而仍得合者。

通觀六爻，前三爻均未脫離渙散的時刻，後三爻都由渙散而致合聚，合聚則通達得利。修德君子當知人心足以渙陰陽，道心能以合陰陽，渙中能合，還元返本，復見本來面目，濟渙之道就可以畢盡了。

節 ䷻ 坎上兌下 水澤節

【釋卦名】

節字，金文寫作節，小篆寫作節，解釋爲竹約，竹約就是竹節。外包籜，像纏束的樣子，故節字有約束之義。連斗山：「節者，制而不使其過之謂也。」俞琰：「節者，約也。有限而止之之謂，非但訓止也。」王申子：「節者，約其過以歸中也。」因此節制約束是指使事物的發展不超過中界線，以達守中的目的。禮文以約束人的行爲，稱禮節。人有所堅守，謂之貞節。二人相約，不得背信，叫符節，所以節是守信之物，大至命令兵符、使臣持節，官署印信，小至私人印章，契約都含節之義。凡個人生活，政治措施，集眾舉事，都須制度以資節制，有制度便順，

無制度則亂，所以節，就是制，即法治。

卦辭 節亨，苦節，不可貞。

【語譯】節卦是亨通的，過於刻苦的節約，則不可算是正道。

【釋卦辭】卦德上坎陷，下兌悅，險惡中能怡悅，怡悅來禦險惡，這是逆中行順，變通守道的卦。

修眞樂道之士，不會因艱難動搖心意，不以危厄移變志向，境險而心不險，時險而道不險，樂天知命，隨地而安，借險養悅，悅以禦險，境遇在彼，造命在我，陰陽不能限，造化不能拘，不失其所守。這是節的亨道。

但節雖能亨，若不知通權達變，固執一節，反被節所困，這叫「苦節」。節約到了刻苦，不險反而有險了，獨當勞碌，有損無益，反而失節，不是險中之悅，是悅以行險，所以說「不可貞」。

君子修道立德，非禮不動，非道不立，非義不行，一步一趨，循規蹈矩，一言一行，隨時順理，本體常靜，像澤無波浪，發用則動，如水可流通，可此可彼，靜而不至於失心，動而不至於迷性。動靜有常，因事制宜，不拘一節，時當塞而塞，遇險而能處險，時當通而通，出險而不致險，與時偕行，都以無心處之，所以能超出陰陽之外，不被陰陽拘限。天地能役使有形，不能役使無形，能役有心，不能役使無心。節道不以心而以時，所以叫隨時之節，就像竹節一般，節節有限，節節能通，那裡不亨呢？

大象傳

澤上有水，節。君子以制數度，議德行。

【語譯】

沼澤內充滿水，這是節的卦象。君子用來裁取陰陽五行，盈虛消長的數度，議論仁義禮智的德行。

【釋大象傳】

本卦上坎水，下兌澤，是澤上有水。澤容水有限，太過則滿溢，這是節的卦象。君子有見於此，知道人的一行一止，以立德爲本，不可任性而行，這叫「節」。但有隨機應變之道，若執一節而終，便行不通，反有傷於德，不可不辨別節制之道。

「制」，是裁取；「議」是辯論。周天三百六十五度又四分之一，分成四時八節七十二候，各有界限，這是度數。人稟陰陽五行之氣數而生，即有這五行之德，行而不失其德，即是德行。君子裁取陰陽五行，盈虛消長之數度，議論仁義禮智信之德行，使人知道宜仁即行仁，宜義即行義，宜禮即行禮，宜智即行智，宜信即行信。又議論其五德一氣，陰陽互用，不偏不倚，凡此種種，是希望人體察天地之德爲德，四時之行爲行，性命之學，火候工程，全是造化數度，能修天德，即是德行，失其數度，有違天德，便是德喪，喪德之行爲，行而無節，以假爲眞，以非爲是，縱使能固守一節，也不過是著空執象，終無益於性命。制裁數度，辯論德行，可以看出君子開物成務的深心。

爻辭 初九：不出户庭，无咎。

【語譯】

初九爻：考慮時宜是否有利，勿輕舉妄動，愼重處事閉於家中，无咎。

【釋爻辭】

「户」是門户，「庭」是庭院。初爻在兑體最下爲澤底，剛爻居此位象澤底是封閉的，澤底封閉才可蓄水。這是以人不出門户庭院止於家内，去比喻澤底封閉；水不流出而蓄止於内。初九陽剛得正，自我節制，不會有災難。

九二：不出門庭，凶。

【語譯】

九二爻：閉於家中，凶，因機會一失，難再行進。

【釋爻辭】

「門庭」是大門内的庭院，亦即外院，比户庭更接近外面。九二澤水已上漲到中間，如果繼續阻塞，就有盈滿橫溢的危險，九二是剛爻陰位不正，上卦也無應援，不知融通，仍然節制，以人不出門庭止於家内，去比喻水被阻止於澤中而不能流通，然而初九「无咎」，則九二言「凶」。蘇軾：「水之始至，澤當塞而不當通。既至，當通而不當塞。初，『不出』，『无咎』，言當塞也。二，『不出』，『凶』，言當通也。」以澤節水，當在中間設排水口，這才適中，可以使澤既存水，又流水，九二塞而不流，失去「時中」的作法，節制太過，必然造成災難性的後果，所以「凶」。

六三：不節若，則嗟若，无咎。

【語譯】

六三爻：不能克服誘惑而失節度，結果自己嘆嗟，有感失職之過，並沒有人去苛責他。

【釋爻辭】

六三陰柔，意志薄弱，又不中不正。以柔爻居澤上而不能節制，又因九二常泄而阻塞造成水位上升到澤面之上，必然從兌澤的六三柔畫的開口處傾瀉而下，有潰決之象，所以有「不節之嗟」，兌澤的作用是節制水，而六三未能發揮其作用出現了潰決橫溢，感到遺憾。這不全然是六三的過失，九二沒有盡到該盡的責任，順時節制，使得六三無能爲力了。

六四：安節，亨。

【語譯】

六四爻：象徵澤底之水不泛不溢，安於接受節制，是亨通的。

【釋爻辭】

節卦下體三爻兌澤論節水，上體三爻坎水論流止。六四爻以柔居陰位又在坎體最下，象澤底之水。安於接受節制似乎是不動的水，沒有亨通之道，其實不然。澤底之水是流動的，但它必須是隨著其上的九五澤中之水流動而流動。靜止而靜止，安份守節，所以亨通。

九五：甘節，吉；往有尚。

【語譯】

九五爻：甘美愉快的節制，吉。但應做之事積極進行，可受榮譽。

【釋爻辭】

「甘」，水甜可飲用，流水則甘甜，死水便苦澀。九五以剛爻居陽位而得中，作爲澤中的水說，九五在坎體的中位，正是處在澤水將滿未滿，如果在這個水位上進行節制，上有源，下能泄，既無橫溢之災，又無乾涸之患。

以王者的地位言：節制天下，以中正的德行，使其暢通無阻，愉悅的節制自己的欲望，使他人被節制時，也能愉快的接受，所以吉祥，這樣可以進一步採取積極行動，建立受人尊敬的功績。

上六：苦節。貞凶，悔亡。

【語譯】

上六爻：象徵苦苦的節制，堅持下去，就有凶險，知道悔改，凶險才會消失。

【釋爻辭】

節的上下體，相應的爻位都有相節關係。初九對六四，剛柔相應，節制恰當，九二對九五，兩剛相敵失時之「凶」，六三對上六，兩柔相敵而「苦節，貞凶」。上六是澤上的水，本應及時泄出，因九二苦苦節制，才漲到澤上，苦節是節制不住的。本卦以苦節開始，以水苦告終。這證明，節制得適中得當則亨通，節制得

節卦義疏

節是「有限而止」就是遵守節度之意。「節」本來的意思是竹節，表示恰當間隔的區分，從個人的健康（節制）、對人關係（節操）、政治（節義）到天地的推移（季節），一切都要遵守「節」才能順利進行。卦形表示沼澤☱（兌）充滿水☵（坎）的形態，但川水有調節地不泛濫、也不乾涸。所以六爻之中的下三爻爲兌澤，專論通與塞；上三爻是坎水，專論流與止：

初九：「不出户庭，無咎」。——這是剛而能正的節。

九二：「不出門庭，凶」。——這是剛而固執的節。

六三：「不節若，則嗟若」。——這是柔而不知有節。

六四：「安節，亨」。——這是柔而借人以節。

九五：「甘節，吉」。——這是剛而通變的節。

上六：「苦節，貞凶」。——這是柔而不通的節。

通觀六爻，只有第三爻不知有節，其餘五爻都有節道，或太過，或不及，是非不等，也只有初九能謹於始之節，惟有九五中正不貞而亨通。

君子當先辨節之所以爲節的道理，要愉悅地接受守節的操持，才能獲得眞正的幸福。不過，太拘泥於節也不好，因節儉過度而生病，就矯枉過正了。

心得記要

中孚 ䷼ 巽上兌下 風澤中孚

【釋卦名】

中字，甲骨文作[illegible]（前五、六、一）或[illegible]（後下二、一二）等形，金文字形和甲文相似。唐蘭的「殷虛文字記」詳考此字，以爲本象旗斿之形，省變爲「中」。本卦所有的中字，指的是人的心（初衷）。

孚字，卜辭作[illegible]（前一、三四、六）象用手補人的形狀（「按」便是俘字的初文），也有人釋爲[illegible]（即服）。金文作[illegible]（盂鼎），也象用手取人或物的形狀。易卦的孚字假借爲「大誠信」的意思；左傳「小信未孚」，孚就解釋爲大誠信。

「中孚」兩個字合起來表示：人與外在的人事物交接時，中而有信，由內生信。說文解

字注：「中，内也。中別於外之辭也，別於偏之辭也。中，从口｜，下上通也。」「孚」，卵也，信也。說文解字注：「孚，卵即孚也，俗文卵化曰孚，一曰信也。」此即卵，即孚引伸之義也，雞卵之必爲雞，鼉卵之必爲鼉，人言之信如是矣。」而孵卵不能延誤日期，孵什麼得什麼，所以有信的含義。中孚，實際上是一以貫之，誠於内達於外。信實無假，自然誠而有信。

卦辭

中孚，豚魚，吉，利涉大川，利貞。

【語譯】

中孚之卦，以中爲天下之大本，秉此大本之至中至正，恢復人的先天之信，有信而行道，則無一物不可感通。又感及無知之物如豚魚者，這是吉利的。遇大川，至險之逆境，涉之無阻，可說是信而無往不利，利於能貞固正道。

【釋卦辭】

「孚」者，信也。「中孚」者，信在内及是至的意思（王引之）。「豚魚」

就是江豚魚，它有一個特點，江面起風，它就浮出水面，南風則口向南，北風則口向北，從不失信，唐詩人許渾有「江豚吹浪夜還風」的詩句。至於豚魚都能守信，何況是人呢？而其卦體外四陽而內二陰。外實內虛，虛實相當，內外相應，所以稱爲中孚。這是以虛求實之卦。入道之不易，都是因爲心不信道，心不信道則行持不力，有始無終。如果心信一念純眞，萬慮俱息，誠中達外，則能眞履實踐，自卑登高，由淺及深，漸可至於自得之地。而信在內，就是信在中。信屬元氣，屬中土，亦是黃婆或媒婆。黃婆在中，爲陰陽之媒娉，用以調陰陽，通人我，應萬事，萬物皆受其感通。故曰：中孚，豚魚，吉。豚魚本是無知之物，卻又能感能順，何況是有知者？

修道者，若能以感豚魚之信，用來修性養命，必然得吉。但是修道之路，並非平順平易而已。內考、外考、魔考、道考、順逆難測，若遇大難大困，大魔大障，顚沛流離，難堪之處，而能不爲所動，不失其守，則能順又能逆。中孚的卦象內虛者，上巽屬木，木虛而成舟，舟虛以載物，巽於兌上，如同舟行澤上，舟必虛其中，利於載重致遠，如同修道者，若能虛其心，實其腹，任重道遠，毫無怨悔，就能無往不利，無往不吉，所以是利涉大川。而今旁門左道，都是著空執相，非盡性至命之學，假足以亂眞，邪足以混正。若不分眞假邪正之道而信，則信不正，不正則不利，不利仍不吉，故曰：利貞。

大象傳

澤上有風，中孚，君子以議獄緩死。

【語譯】

澤上有風吹拂，象徵中心誠信，可遍及一切。君子當效法此一精神，來審議訴訟；減省刑死。

【釋大象傳】

中孚的大象辭，據以引申修道者應探賾索隱，鈎深致遠，以窮奧妙之理，盡人之至性，造先天之命。中孚卦象，上巽風，下兌澤，澤上有風，風行澤上，風性善入，澤受風吹，如心中有所感。君子有識於此，以其象如恩澤沛及，澤爲重，所以風所及處皆澤所沛。又如政令之施，應以明德普及，又有先後輕重的次序。所以中孚以中和爲本，重於勸善規過，除安暴良，保民全民，求民情之平，以達到久安長治。而獄事關係到人的性命，更爲重要。審議時，先求精明，不忍傷及無辜。定獄之後，不遽加刑。雖罪在不赦之條，仍然緩其死而再議，目的在求其死中之生路。

修道者，萬事要愼於始，萬慮俱息，以求恢復先天之信，加上眞知灼見，漸次修持，理明於心，腳踏實地。又能心死神活不求遠效，則是非邪正終可了然於心。若是心無主見，自信不過，似是而非，修持不力無法了道、成道，更何況冒然求效，急欲成功，恐怕就會進入寂滅頑空之學。中孚，上巽風漸次而進，下兌澤和悅而行，漸次和緩，精明能議，便是信於內而行於外之準則了。如此下一番苦功夫，必能消盡後天一切滓質，露出先天本來面目。

爻辭 初九，虞，吉，有他，不燕。

【語譯】 中孚卦的初爻：經過思慮權衡其可信時方信之，所以得吉。若不明辨是非，存有他想，則不得安居其位。

【釋爻辭】 「虞」，度、忖的意思。「燕」，安也，古通晏。安樂和悅的意思。修道必須謹於始，以便擇善而從，雖有忖度，而無二心。倘若認識不清，思慮不純，忽信此，又信彼，信心飄搖不定，反覆無常，終難全信。故曰：有他。若不能執守其中，心不定而移其志，情不安而圖他欲，行爲錯亂，終究不能安於其位。

九二：鳴鶴在陰，其子和之。我有好爵，吾與爾靡之。

【語譯】

中孚卦的第二爻：就像鶴啼鳴於陰處，雖不甚明，但他的聲音能有信於同類，所以其子能相應和。猶如一國之明君，賜以好的官位與厚祿，來褒賞有功之賢臣，眾臣則能感恩圖報，共謀國事。

【釋爻辭】

修道者是依世法而修道，修道之過程雖孤獨艱難，然而面臨魔考，業障纏身，始終堅守正信，不渝初發心，才能行道而了道。潛移默化，守正不阿，則神明自來，成眞證果，如禽鳥飛鳴，自得其樂，母雛聚處，同樂其生。人類也是如此，上施其恩，下懷其德，君臣之道，功庸有賞。同修的道親，若能同聲相應，同氣相求，不期而然，賞罰分明，這就是潛修密煉之信。

六三：得敵，或鼓，或罷，或泣，或歌。

【語譯】

中孚卦的第三爻：得敵之信，信至於敵，則信非所信，終必敗信。或擊鼓勇進，或罷而引退，或臨危泣血，或安歌樂舞，不能適從。

【釋爻辭】

信於敵，「敵」是「我」的反義字。非我就是非信，信非所信則終不能成信。修道若入於旁門左道，則認假作眞，不知悔悟，一身執著，於道有傷，於性有敗，恍恍惚惚而不得中道而行，落入輪迴之中。觀看此爻之上的第四爻，陰爻是仍然不得正，故是陰柔而剛用之象，是凶的。是認假作眞之信。

六四：月幾望，馬匹亡，無咎。

【語譯】

中孚卦的第四爻：當月亮尚未全圓，正待盈滿之際，以此象徵以陰求陽，復於純乾。又以馬匹亡，象徵借陽退陰，以化其氣質，入於無爲之道，就是無咎。

【釋爻辭】

月亮本無光輝，必要借日的照射而生光輝。人的色身屬陰。必須借先天的本性而能得陽。譬如月借日光之道：晦朔之半，與日相交，初三光輝方生，十五與日對望而光輝圓滿，這是陰順陽之道。十六，一陰潛生，漸至三十，與日相背，光輝全無，陰違其陽也。修道者應該明白這種陰陽運行之道，就是修身煉性之道，也就是金丹大道。而金丹大道，就是進陽火與運陰符的調和之道。色身屬陰，性屬陽。修道之始則以陰求陽，藉假修眞，以恢復先天本來面目，就如進陽火之功，也是有爲之道，此處又稱月幾望。當月亮盈圓時，陽氣旺極，一身光芒圓滿，若不知收斂的功夫，反而驕傲自滿，任性而爲，必然招至悔吝。所以這時候應當借陽退陰，如同馬匹亡。有此功夫則能功成身退，氣質悉化，順其陽氣而絕其後天之陰，終能功果圓滿，光輝普照，這也是道法自然，圓通無礙，無爲而化的意思。此爻居於上陽下陰之間，柔而守正，順其陽而不順其陰，是柔而求剛之信。

九五：有孚攣如，无咎。

【語譯】

中孚卦的第五爻：信至於剛而中正，陰陽混合。仁、義、禮、智，皆歸於一心，固結而不可解，无咎。

【釋爻辭】乾卦九五之道，是飛龍在天之象。中孚卦的九五有異曲同工之妙。在此，用信之道是在於五行攢簇，而能誠一不二，是有孚攣如的意思。「攣」，是相繫而牢固不可解的意思。如果能信而至於剛而中正，已是萬緣皆空，自然無爲，先天的五行五德，皆歸於中黃一點（自性），渾然天理。修道者則能摒棄一切雜念，天人合一，一心辦道，不再受外界有形之物所拘束。能仁、能義、能禮、能智，陰陽完全調和。這就是剛柔如一之信。

上九：翰音，登于天，貞凶。

【語譯】中孚卦的第六爻：翰音是野禽之音，啼鳴於草野之間，現在反而沖舉於天，正是怪異之象，用來比喻人的好高騖遠，自不量力，終究無法全信，正是無法貞固正道。

【釋爻辭】

「翰音」，是雞的別名，有雉和鶩，棲息於山林之間，現在以其啼鳴之音上登於天，是反常道而行的道理。這也告訴我們修道貴在行中庸之道，不卑不亢，倘若自用聰明，妄猜私議，又不能巽下求人，虛心受教，窮究實理，結果雖然進步神銳，也必定退卻極速。所以說本欲登高，反而落下，都是自招凶禍。這是誤用聰明之信。

中孚卦義疏

中孚卦的六爻，代表著易經中不易的「用信之道」。但是聖賢大道與窮理，盡性，至命之學，有工程、有次序、有文烹、有武煉、有急緩、有先後、有止足，六爻一氣呵成，正相應和。

初九：虞，吉，有他，不燕。—信道必謹於始。

九二：鳴鶴在陰，其子和之。我有好爵，吾與爾靡之—潛修密煉之信。

六三：得敵，或鼓，或罷，或泣，或歌。—認假作眞之信。

六四：月幾望，馬匹亡，无咎。—柔而求剛之信。

九五：有孚攣如，无咎。—剛柔如一之信。

上九：翰音，登于天，貞凶。—誤用聰明之信。

分析中孚的六爻，凶者有二：一是六三，一是九六。六三是認假作眞之信，若認假作眞則功虧無成，工程必定大壞，由此必然會失敗。誤用聰明，則不知何時當發，何時當止，又不知止於何處，便是無止足的意思，終究不能止於至眞至善了。在吉的方面，有初九，謹於始，九二，潛修密煉，六四，柔而求剛，六五，剛柔如一。四爻的變化運用，正是文烹武練兼備，循序而漸次，有急緩，有先後，都是由信而發出來的。能以一信而統萬物萬事，是純一無二之信，純一無二，也正是易經中的不易。而信在於無時無刻，無所不在，無執於象，故行信而能隨意而發，這是易經中的變易，交易。又能信於萬物，日用而不知，不爲氣質所拘，是易經中的簡易。修道者應體認「信」在這易經中的不易，變易與簡易的三大要領，就能在千變萬化中，把握修道人的行爲準則，維持修道的毅力與決心，共相勉之。

有云：信爲道源功德母　信能遠離生死苦

信能長養諸善根　信爲菩提作基礎

心得記要

小過 ䷽ 震上 艮下 雷山小過

【釋卦名】

過字的本義是渡，引申爲經過、度過及超過的意思，詳上大過卦。尚書記載人的過犯，大過是「罪」；次過叫「眚」；小過叫「過」。小過是君子犯的過，求善過當，反而有弊害，如果行爲過於恭謹，喪過於哀，用過於儉，都不合乎中道。

這一卦的卦形，中間的兩個陽爻，是鳥身，上下的陰爻是翅膀，與鳥飛的形象相似，前一卦的「中孚」是孵化的意思，這一卦的鳥，可以小飛，找到棲息的地方，是在小有過度的時刻，不可好高騖遠。

禮記中庸篇說：「道之不行也，我知之矣。知者過之，愚者不及也。道之不明也，

我知之矣！賢者過之，不肖者不及也」過與不及，都不適中，不中則不時。易經的學問，在把握時中，既不泥古，也不趨新，惟知常知變，應守常，則遵常道；應達變，則通變化，能無過與不及之弊。

本卦的六二、九三、九四、上六爻用了過訪的意思，當它與遇（不期然而遇）相對應時，是指有心的造訪。

卦辭

小過，亨。利貞。可小事，不可大事，飛鳥遺之音，不宜上宜下，大吉。

【語譯】

小過卦，亨通。利於貞正自守。可過者小事而已，大事是不可過的，就像飛鳥的聲音，過之而不遠，方向宜下而不宜上，如此才大吉。

【釋卦辭】

卦德上震動，下艮止。止而運動，動本於止，止所堅固，動而不大，而且卦體二陽在四陰之中，內實外虛，內剛外柔，以小養大，所以叫小過，這是實以用虛的卦。

小過的貞道，是動不離靜，靜而運動。眞人潛深淵浮游守規中，勿忘勿助，綿綿若存，可小事不可大事。

小事是無爲之事，大事是有爲之事。有爲是保揚，無爲是養陽，既以實腹，宜應小過而養陽，如果能大不能力，不但不能保陽，而且還會傷陽。小過之利於貞，是利於小動，不利於大動，利於小止，不利於大止。動而能止，止中有動，止於其所而動，雖動而不出其位。如飛鳥遺之音，不宜上宜下，鳥雖上飛，音則下遺，這是動不離止的意思。

大象傳

山上有雷，小過。君子以行過乎恭，喪過乎哀，用過乎儉。

【語譯】

山上有雷，雷聲必然過小；所以是小有過度的形象。君子當效法這一精神，行動應稍過於恭謹，服喪應稍過於哀傷，用度應稍過於儉約，亦即，在消極行爲方面，應當克己，但也不可過分。

【釋大象傳】

本卦上震雷，下艮山，是山上有雷。雷在天上，聲音遠播，雷在山上，聲音隱暗，這是小過的卦象。君子有見於此，知修德者，日用行常，宜自小不可過大，只是因爲小可過而大不可過。行爲本來不宜過恭，但恭則不受辱於人，傲慢不生，不妨可以「過乎恭」；喪本不宜過哀，然而哀則必有惻隱之心，重視性命，不妨可以「過乎哀」；用本不宜過儉，但儉則不棄天物，安常守分，不妨可以「過乎儉」。以上三者都屬小過之事，過而不算過，在小事上如此，至於性命大事，須要知進退存亡之機，盈虛消長之理，毫髮之失，有千里之失，那裡可以稍過？就卦象看山上有雷，山靜雷動，靜而運動，動本於靜，可以知道小事可過而大事不可過的道理了。

爻辭

初六：飛鳥以凶。

【語譯】

初六爻：象徵鳥高高飛起，懸虛不實，凶。

【釋爻辭】

小過卦的形象鳥，所以用飛鳥比擬。初六陰柔，與上卦的九四相應，因而一心想飛；但好高鶩遠，不知收斂，故凶險。

六二：過其祖，遇其妣；不及其君，遇其臣；无咎。

【語譯】

六二爻：象徵未與祖父直接談話，透過祖母傳話；有如不能無視自己身分越級拜謁君主一般，必先見廷臣。能自我克制，无咎。

【釋爻辭】

「祖」是祖父，「妣」是祖母。第五位如果是陽爻，就相當於祖父、君；如果是陰爻，就相當於祖母、臣。「二」與「五」相應，六二因而順利升進，但應當相應的五位，卻不是陽爻，而是陰爻，所以說，錯過了祖父，遇到了祖母；不能到達君王面前，遇到了臣。然而雖然沒有遇到所期望的應援，但仍然可以藉溝通得到協助，所以無咎。

九三：弗過，防之，从，或戕之，凶。

【語譯】

九三爻：應加以防範，不要過越常規，如縱任行事，結果或遭到戕害，故凶。

【釋爻辭】

「从」是以過剛之勇一心想去從事大事。「戕」是殺害。左傳宣公十八年的記事中說：「本國的臣殺害君，稱作弒；他國的人殺害君，稱作戕。」九三以剛爻居陽位，過剛而不中，不顧客觀條件想去追逐陰柔，妄圖獵取柔的有餘來補己的不足，必遭殘害而致凶，唯有不追逐才能保全自己。

九四：无咎。弗過，遇之，往厲必戒，勿用，永貞。

【語譯】

九四爻：沒有災咎。不過剛，則當能隨合時宜，靈活對待，不要前往，去柔以剛進，將有危厲，陽剛失位之時，不要冒用，小人絕不肯從陽，應當隨時處順順，不可固守其常。

【釋爻辭】

九四以剛爻居陽位，得剛柔相濟，不同於九三冒險從事大過之事，也就可以與柔爻有往來，所以叫「弗過遇之」。然而整個形勢是剛處劣勢而柔欲滅剛，所以九四與柔爻打交道有一定的危險性，不能不戒愼恐懼，於是又說「往厲必戒」。鑒於此，唯有無所作爲才能保證自己正固而長久存在。在其他卦中，一般說不當位是不利的，但在小過卦柔過剛不及之時，九四的不當位反而變有利了。正因其不當位，才得剛柔相濟彌補了己之不足，因而才能有條件與柔爻去打交道，但又不可因此忽視剛弱柔強，柔欲滅剛的整個形勢，要時刻提高警惕。

六五：密雲不雨，自我西郊。公弋取彼在穴。

【語譯】

六五爻：陰雲密布，天將欲雨，風自西方吹來，西風是不易下雨的。王公拿著繩箭弋取六二以爲己之助。

【釋爻辭】

「密雲不雨」。在小畜卦中也有同樣的句子。陰陽中和，才能成雨，雲雖密而雨未降，是因爲陰陽二氣未沖和。六五在君位，但陰爻力弱，心有餘而力不足，無力從事積極的事業；所以說密雲不雨。雲屬陰，西是陰的方位，六五陰爻陰位，所以用「密雲」、「西郊」比喻。

「弋」是帶繩的箭，射出去後可以拉回。此爻象徵君王拿著繩箭，鑽進穴中，把和他相應的六二捉來輔佐自己。穴屬陰，六二是陰爻，所以說在穴。這一爻雖沒有占斷吉凶。但兩個陰爻在一起，顯然地位不足以成就大事。

上六：弗遇過之，飛鳥離之，凶，是謂災眚。

【語譯】

上六爻：不辭適度而越軌了，就像飛鳥，飛升過度，過而不知止，結果必罹於網羅而致凶，這就是災眚，眚由災致，災由自取。

【釋爻辭】

「離」與罹相同。「災」是天災，「眚」是人禍。「亢」是高亢。「上六」是陰柔的小人。也是這一陰過盛的極點，沒有遇到任何阻擋，以致飛升過度，終於觸及網羅；就像鳥飛到天上，沒有安身的地方，遭到被射殺的凶險。「上」與「初」爻相當於鳥的翼，所以是用飛鳥比喻。因此，說是天災，實際上卻是自找的人禍。

小過卦義疏

小過卦是闡釋過與斂的道理。象徵飛鳥遺音，不宜上宜下，不可只知進而不知退，本卦以六個不同階段的時位，態勢來表現人、事、物的生機變化、存亡之機：

初六：飛鳥以凶。——這是小過而妄想大過的時態。

六二：過其祖，遇其妣；不及其君，遇其臣。——這是小過而不太過的情形。

九三：弗過防之，从或戕之，凶。——這是太過而不知小過的情形。

九四：弗過遇之。往厲必戒。——這是告誡宜小過而不可太過。

六五：密雲不雨，自我西郊，公弋取彼在穴。——這是小過而不知求大的情形。

上六：弗遇過之，飛鳥離之，凶。——這是本爲小過而又遇過的情形。

通觀六爻之義，初六與上六，只上飛而不下，過中而後不能矯枉，都得「凶」。六二過中經過矯正又歸於中，六五過中而矯枉過正，九三不及中，盲目行動必招「凶」。九四告誡剛柔相濟不冒險，能戒愼恐懼或可保安全。我們就陰爻及陽爻的情況加以分析，在消極一面，對自己要求稍爲過度，有益无害；然而在積極一面，則不可過度，好高騖遠，自不量力，甚至招致殺身之禍。

因此，過與斂，剛與柔，應知時機，適當節制，變通運用，即或是正義，也不可過度固執，以致處置過當，造成傷害，過度不足以成大事，極端過度，將爲自己招致災禍。

既濟 ䷾ 坎上離下　水火既濟

【釋卦名】　濟者，利也。易繫辭：「萬民以濟」。成也，書君陳：「必有忍，其乃濟」。益也，左傳桓十一年：「盍請濟師于王」。救助也，易繫辭：「知周乎萬物，而道濟天下。」左傳文十八年：「世濟其美」。左傳成六年：「聖人與眾同欲，是以濟事」。所以既濟，是已經渡過，歷盡艱難之後，已經取得成功，事事亨通圓滿達成之意。

卦辭　既濟。亨小利貞，初吉終亂。

【語譯】

既濟，是在事既已做成之後，故亨通小，因爲天下事沒有一成不變的，所以宜守著正道，在事既已做成之後，最初是吉利的，最後安於事之已成，若不戒惕，則終於會成紛亂的狀態。

【釋卦辭】

「既濟」是陰陽相濟的極致也。卦德上坎陷，下離明，借險以養明，以明而禦險；明由險生，險因明通，明險相濟，所以說既濟，這是防危慮險，固濟丹元的卦。陰陽不濟，須要求濟，既濟須要保濟，「保濟」是固濟，這是防危慮險，固濟丹元的卦。陰陽不濟，須要求濟，既濟須要保濟，「保濟」是固濟丹元的工夫。「固濟丹元」，在於明禦險，防險養明而已。「養明」藏明於內，有智不用，有才不用，明其明德，止於至善。「防險」是謹愼於外，非禮不履，非義不行，素位而行，寄望在外。

內既能養明，外又能防險，明能養而不傷，險遇明便能險。明屬離德，在南方的位置，離爲火，即是「神」；險屬坎德，在北方的位置，坎爲水，即是「精」。神好動而火性炎上。以精來養神，火得水而燥氣皆化；精易洩而水性下流，以神來固攝精，水得火而慾念自消。燥氣化而神安則心虛，慾念消而精。一則腹實。心一虛則人心不見而眞陰顯現，腹一實，則道心發現而眞陽產生，以眞陰順眞陽，以眞陽統眞陰，眞陰眞陽兩相合和，恍惚之中有眞象，杳冥之中有眞精，結成一粒黍米寶寶珠，吞而服入，延壽無窮。所以既濟本有亨道。但是陰陽既已濟成，則通明盛大，通明盛大易於自恃通明而剛愎自用，若不戒懼謹愼，稍有疏失，明極反暗，人心又起，濟中便藏有不濟，所以既濟的亨道又屬小亨。

其實是因爲處未濟之事，人們多半戒懼修省，用明來防險，處在既濟之事，人們多半放鬆晏樂而招險，亨小而不大，得而復失，原因都在這裡。所以既濟的亨道，惟利於守正而已，以正及早養明，以正防險，自然明不受傷害，險惡不生，然而以明防險，尤利於既濟之初。有始有終可以說善處既濟之道了。

大象傳 水在火上，既濟。君子以思患而豫防之。

【語譯】水在火上，這是既濟的卦象。君子有見於此，先考慮到後患而加以豫防。

【釋大象傳】

既濟卦的大象辭是據以警戒世人成功不能自滿鬆懈，應有居安思危的憂患意識。「既濟」表示事已成功，上坎水，下離火，是水在火上。水本寒，火本燥，以火煎水，寒氣化。以水制火燥氣息。水火處在一塊，這是既濟的卦象。君子有見於此，知修道者，顚倒陰陽，取坎塡離，陰精化而眞精生，識神滅而元神存，以精養神，以神攝精，精神相戀，凝結不散，還元返本，使不濟者，能既濟。然還元返本，只完成前段工夫，若不用天然眞火，鍛煉成眞，既濟極而又不濟，前功俱廢，因此憂患而先豫防。「患」即陰陽不濟之患，當正在調濟之時，眞陰眞陽合一，外來客氣不能來傷害它，然雖不被客氣所傷，而一身後天之氣仍未退去，若不知沐浴溫養，早先防閑客氣乘間而發，必有後患，思有患而豫防之，用加減抽添之功，拔盡歷劫以來根塵，陰盡陽純，成金剛不壞之物，直至打破虛空，才算了當，若未到打破虛空地位，猶有患在，所以修道者，必以打破虛空，脫出眞身，才是大體大歇的境地。

爻辭 初九：曳其輪，濡其尾，無咎。

【語譯】既濟卦的初爻：在既濟的初始，象徵渡河時從後面拖著它的車輪以控制過河的現象，如狐尾潮濕而退，固守敬謹於始。

【釋爻辭】「濡」是沾濕，初九在既濟之初，剛而守正，如車曳其輪而不前，狐狸濡其尾而退後，能敬謹於始，自無咎於終。這是正當成功的時侯便防患不濟。狐狸渡河時，將尾部舉高，防止弄濕，如果水流太急，體力又弱尾巴弄濕，便馬上退回，放棄渡河。

六二：婦喪其茀，勿逐，七日得。

【語譯】既濟卦的第二爻：婦人喪失她頭上裝飾，不必去找，七日內可得回。

【釋爻辭】

「茀」是頭飾。六二，柔而無剛，陰陽不濟，如婦喪其頭上裝飾不能打扮，顯露才華。然柔而中正，煉己待時，虛室生白，神明自來。所以「勿逐」，七日後時機可以到來。七日者，火之數，煉己而火返眞，以明破險，借險生明，取坎中之陽，塡離中之陰，水火相濟，不待勉強，自然而然，這是以陰求陽相濟的情形。

九三：高宗伐鬼方，三年克之，小人勿用。

【語譯】

既濟卦第三爻，在既濟之三，正如商朝時高宗討伐匈奴人，三年才克服是一樣的，雖成也勞累不堪。在既濟之時，小人是不可用的。

【釋爻辭】

「高宗」是殷王武丁，是殷代中興的君主，在殷代衰微之世，內整綱紀，外伐鬼方，振興了國勢，鞏固了邊防。「鬼方」是殷代北邊的異族。

這一爻居(☲)明之極，有近於險的情況，如有鬼方也。不能戒備於早，既濟將不濟，雖剛而得正，若想不被險傷，必盡其力而方保濟，如高宗伐鬼方。「

三年克之」，是形容用力的艱難。剛而得正者尚且如此，而況不正之剛呢？所以說：「小人勿用」。這是既濟而不能豫防不濟的情形。

六四：繻有衣袽，終日戒。

【語譯】

在既濟之時，有「雖有細密綿帛的衣服，但並不穿它，而穿著破敗的衣服」之象徵，這是說整日多在戒懼警惕之中的意思。

【釋爻辭】

「繻」是綿衣，「袽」是破衣。行船渡河時要攜帶一些破舊的衣服，以備船破漏水時進行堵塞，有戒備才能無禍患。六四爻位已離開下體而入上體經過九三的整治中興，到了六四才稍安，但伏著危機，不能不有所防範。

九五：東鄰殺牛，不如西鄰之禴祭，實受其福。

【語譯】

東邊鄰居殺牛進行祭祀，還不如西邊鄰居的心誠薄祭，更容易受到神的福祐。

【釋爻辭】

「禴祭」是夏祭，五穀還沒有豐收，祭祀簡單。「東」是陽的方位，九五在東方，「西」是陰的方位，六二在西方。此爻是指東方的殷紂王，殘暴無道，不如西方小國的西伯，深得民心。

九五居尊得位，在既濟之時，象徵東鄰的商紂殺牛享盡奢侈之態，還不如西鄰的文王，用薄薄的夏祭，以誠敬祭享鬼神而實得蒙受幸福。

當既濟之時，日居滿盈，腹實而不知虛心，既濟中即含藏不濟，如東鄰殺牛，不如西鄰之禴祭，實受其福。在未濟之時，才須要致濟，以虛求實而能濟；既濟之時，濟已極，實而不虛，仍不濟，虛能實，滿招愆，理所必然，這是既濟又招不濟的情形。

上六：濡其首，厲。

【語譯】

既濟卦的第六爻，上六居既濟之終極，將反成不濟，故有渡河而沾濕他的頭的象徵，這是危厲的。

【釋爻辭】

上六在最上位，是象狐狸的頭浸到水的形象。上六柔弱，冒險渡河，當然凶多吉少。火候不明，持盈未已，不能防險於既濟之始，自然致險於既濟之終。如濡及於首，全身失陷，陰陽渙散，前功俱廢，危厲所不能免，這是既濟而終歸不濟的現象。

既濟卦義疏

既濟卦既已功成名就，已渡險難，是陰陽相濟的極致，但占斷卻不吉祥，其中的含義極令人深思：

初九：曳其輪。—車輪陷在泥水裡，仍須用力牽引，才能登陸，這是剛剛濟便防其不濟的情形。

六二：婦喪其茀。—柔而不剛，陰陽不濟，這是告誡以陰而求陽相濟的意思。

九三：高宗伐鬼方，三年克之。—雖然剛而得正，仍必須盡力而才能保濟，這是既濟而不能不豫防保濟的意思。

六四：繻有衣袽，終日戒。—六四的爻位已離開下體而入上體，經過九三的整飭中興，到了六四又得稍安，但潛伏著危機，不能不有所防範，這是告誡既濟時能時時防範不濟的意思。

九五：東鄰殺牛，不如西鄰之禴祭。—久安之後，世道衰微大勢已去，終極則亂的局面馬上來到，這是指既濟而後又招不濟的情形。

上六：濡其道，厲。—卦極終變，若不能全始全終，終至全身失陷，陰陽渙散，前功盡棄，這是指既濟而終歸於不濟的意思。

通觀六爻說明修道者於抽坎塡離，水火相濟之道，不知道費了多少苦功，幸好得到，當及早封藏，防危慮險，否則晏安自息，矢歇罷功，火候有差，既濟後又不濟了，成而又敗，豈不可惜，所以有爲無爲之道，要隨時而用，有無一致，虛實兼該，了生了命爲極功。

本卦上卦水，下卦火，水性向下流，火性往上燒，上下交流，各順其性，各得其位，人人各得其位，物物各得其所，諸事順暢，成功如意，但成功固然令人興奮，而成功容易令人驕縱而得意忘形，令人滿足現狀而不再有大作爲，陶醉於成功而忽略危險可能發生，終於內憂外患接踵而來導致失敗。因而影射順利不會長久，應防患未然。大自然的奧秘，就在於錯綜複雜，變化無窮，生生不息，周而復始，若萬事具備，樣樣周全，反而僵硬失其彈性與變化，喪失其積極性與活力。所以愈美滿的事物，愈蘊藏著危機，幸福是在平凡中。綺麗的彩虹不會長久，曇花僅能一現，幸福的人生，亦既在平凡而積極的進取中。只有堅持正義。努力不懈，防微杜漸，戒愼戒恐，適度節制而不妄進，才能因應變化減低損失，成功不能自滿鬆懈，要努力不懈，愼謀遠慮，才能持盈保泰，保持成果。

心得記要

未濟 ䷿ 離上 坎下 火水未濟

【釋卦名】

既濟與未濟兩卦的卦畫卦義，正好相反，既濟是取得成功，未濟是未取得成功。易生生不息，變化不居，陰陽消長，終而復始。易六十四卦以乾元坤元爲元、爲始；以坎離爲大亨、大通；以咸恒爲利、爲和；到了既濟爲貞、爲正。貞下又啓元，在貞元之間，將啓未啓，所以叫未濟。

既濟是極度的完成；但一切事物，不可能就此終止，永遠美滿，必然繼續變化發展，所以完成是另一完成的開始，易經雖然到此終止，但宇宙森羅萬象，永遠變化演進，無窮無盡。大象傳要「君子以愼辨物居方」，昭示人類有始有終的苦心，這此更加可以想

見。

卦辭 未濟。亨，小狐汔濟。濡其尾，无攸利。

【語譯】未濟，在事之未完，終會完成，終於必濟，故亨通，有小狐幾乎渡過了河，但沾濕了它的尾，得不償失，故無所利。

【釋卦辭】「未濟」，是指陰陽仍未濟也。卦德下坎陷，上離明，明於外而暗於內，因明致陷，因險生明，陰差陽錯，兩不相應，所以稱「未濟」。這是煉己退陰，待時陷陽之卦。當在未濟的時刻，必先制服一切陷陽之陰，而後眞陰現象，眞陽來還，陰陽相當，金丹凝結，這是煉己待時，有爲的工夫，所以彌足珍貴的原因。

未濟之所以未濟，乃因離火坎水在後天中陰陽相離，眞假相混，溫和之火（七）化而爲暴燥之火（二），眞一之水化而爲淫慾之水（六），火性一發，識神用事，外而用。恣情縱慾，迷於聲色，自暴自棄，陰險自內而藏身，明於外而暗於內，陷其眞而認其假，性亂命搖，陰陽不和，五行相傷。然而說是未濟，是未至於濟，非絕不能濟，只是人尚未求其濟而已。若求其濟，也終能濟，所以未濟依然有亨道。未濟雖有亨道，但後天陰氣，用事已久，先天眞陽，陷溺已深，未能遽然有濟，必須用煉己之功，方能見效。「煉己」，是煉人心，但未到煉己純熟之時，則心不虛而明不眞，陰氣仍未退盡，不可急於求濟，倘不知火候，急欲救濟，是人心用事，假明做作，未濟終不能濟，就如小狐渡河，浸濕了尾巴，無所謂利了。狐屬陰，是多疑之物，小狐雖疑少，不能無疑，人心不去，道心不彰，亦如小狐之類，雖有濟之契幾，未到濟的時刻，幾近於濟而煉己未熟，雖欲向前，反成落後，濡尾不利，如何能濟。所以煉己必至於虛極靜篤陷陽之陰退盡，先天至陽之氣才能自虛無中來，眞陰眞陽，兩相合和，未濟者而能濟。未濟能得亨通，是因柔順（指六五）而得中道，小狐汔濟，是因未出於中，未能濟渡也。濡其尾無所利，是因不能繼續前進，以貫徹始終，雖然六爻皆是不當其位，但剛柔能互相應援，所以終能亨通。

大象傳 火在水上，未濟。君子以愼辨物居方。

【語譯】火在水上是未濟的卦象。君子用以審愼辨別物的眞假，知道自己的身份地位而不行險僥倖。

【釋大象傳】

既濟卦的大象辭是在提醒世人事情尚未成功，尚須繼續努力，充實自己，等待時機，終會成功。「未濟」指出事情猶未致濟。上離火，下坎水。是火在水上。火在水上，火不能烹水，水不能制火，水火睽違背離，這是未濟的卦象。君子有見於此，知人一交後天，眞者隱昧而假者出現，身心不定，精神昏濁，躁性發而慾念生，以苦爲樂，無所不至，未濟到了極點。然而聖人有後天中返先天之道，只是人不思其救濟的方法而已。若想求濟，便能救濟，所以謹愼辨於物居方。「物」是先天後天陰陽眞假之物，「方」是先天後天陰陽眞假所居之方所。謹愼辨別物的眞假，必須了然於心，眞知灼見，毫無一點疑惑而後已，這是格物致知的工夫。對於物的眞假，使其各歸其方位，眞者眞而假者假，兩不相混，這是正心誠意的學問。既辨明事物而明原理，又居方所而不行險僥倖，陰陽不混雜錯亂，眞假各區分別，未濟中即有致濟之道。亦如水流溼火就燥，各濟其所濟，彼此有不同的途徑。先天陰陽，所以成就眞身，後天陰陽，所以成就幻身。當在未濟之時，先天後天，陰陽相雜，眞假相混，倘若能辨其眞假，則知先天有先天之方所，後天有後天之方所，判然分別。不得將後天之物，誤認爲先天之物，強求救濟也。愼辨二字，大有深意，辨別須要無微不入，無幾不研，不得稍有些許放過。但是先天後天，所爭者毫之髮間，這邊是先天，那邊是後天，易於錯認，惟謹愼而細辨之，才能認得眞切，才能眞確明白，各有其方，明白各有其方所，便能使各居其方所，能使各居其方所，則先天可保養，後天不發作，未濟便能濟。顚倒之間，眞陰眞陽相合，水火相交，聖胎有象，聖人以未濟卦放在最終者，是想要叫在未濟的時刻，窮究實理，急求其濟而已。

文辭　初六：濡其尾，吝。

【語譯】

未濟卦的初爻，初六以陰居陽位，當未濟之時，所以有渡河而沾濕了它的尾巴的現象，這是自不量力羞吝的事情。是說不知事理之極，不能渡河而勉強渡河。

【釋爻辭】

這一卦，初與二的爻辭與既濟卦的初九用語相同，但此爻斷辭是「吝」。在深險之處，須先煉己持心，由漸而入，不可遽求其濟，身未動而險即隨之而來，如濡其尾而不能前，適以取吝而已，這是未濟而強求其濟的情形。

九二：曳其輪，貞吉。

【語譯】

未濟卦的第二爻，當未濟之時，以陽剛居中，終必能濟，所以有拖著它的車輪而濟河的象徵，在未濟的時候，更應守正以獲吉。是守中道而行正道。

【釋爻辭】

剛以柔用，大智若愚，煉己待時，如車曳其輪，暫時養剛，雖在未濟之時，而有暗濟之吉，這是未濟而待時致濟的情形。

六三：未濟，征凶，利涉大川。

【語譯】

未濟卦的第三爻，陰居陽位，當未濟之時，是不能濟渡，而前行有凶險。準備妥當才能前進，可以冒險渡大河。

【釋爻辭】

在未濟之極，將有可濟之幾，不知藥物火候，依一己之陰，妄想有濟，行險徼幸，未濟終不濟，征遠而未有不凶者，幸好六三居於二陽之間，能順有道之士，借人濟己，陰可化而陽可復，雖涉大川之險，亦吉而無不利，這是未濟而求師致濟的情形。

九四：貞吉，悔亡，震用伐鬼方，三年，有賞于大國。

【語譯】

未濟卦的第四爻，居未濟之時，以陽剛濟之，終必能濟，故有以正獲吉，無悔的現象，如天子威武堂皇討代北方的匈奴，三年一定有功，可以獎賞有功的人於國都之中。

【釋爻辭】

剛居柔位，似乎失正，不吉而致悔，然其所以貞吉而悔可亡的原因是以勇猛精進，用剛道震起，伐鬼方而除後天之陰，潛修密煉，用柔道，三年有賞於大國，以復先天之陽，然而必三年有賞的原因，是眞陽被假陰所陷已久，眞者固不易復，假者亦所難除，必須功深日遠，方能有濟，此未濟而漸次致濟的情形。

六五：貞吉，无悔，君子之光，有孚，吉。

【語譯】

未濟卦的第五爻，以柔處中，而居尊位，當未濟之時，上下皆陽而得陽剛之助，終能濟。故以正而獲吉，沒有後悔之事，君子之德發揚光大，他的誠意受萬民信賴是吉利的。

【釋爻辭】

虛人心而求道心，不爲假明所誤，所以貞吉。下應二陽，取彼坎中之實，以塡我離中之虛，虛心而能實腹，所以無悔。貞吉無悔，陰陽相合，假明去而眞明生，寂然不動，感而遂通，所謂君子之光，始而未濟，終而大濟，能致吉是自己虛心信之，此未濟而能虛心致濟的情形。

上九：有孚于飲酒，无咎，濡其首，有孚失是。

【語譯】

未濟卦的第六爻，以陽剛居未濟之終，是終能濟渡的。故有誠意舉杯祝福大家成就心願，這是無咎的，但以陽處陰，位既不正，如不知節制，則樂極生悲，沈緬不已，必會喝得大醉，而有沾濕他的頭的象徵，這樣就會失去他的孚信，而不能達必濟之成了。

【釋爻辭】

在未濟之終，正是有濟之時，可信其陰陽相濟，出於自然，不待勉強，飲酒宴樂，可以无咎，然天時雖有濟，而人事亦不可廢，盡人事以扶天道，則天人合發，信於濟而信之，否則天時有濟，不過偶然間而已。若無調理水火之功，則先天至寶，來而又去，濟之不固，終歸不濟，如「濡其首有孚失」，這是乘時而用人力致濟的情形。

未濟卦義疏

易經六十四卦、三百八十四爻，到此結束，但依然在完成的態勢下，無窮無盡的變化演進。本卦的六爻剛柔都不當位但都相應，不當位體現了矛盾與對立，相反又體現著有統一性，有統一性就能剛柔相應而相濟，同心協力以濟險，終於達到既濟而取得成功，這是以爻位關係進一步解釋卦義：

初六：濡其尾，吝。——不顧自身才力及客觀形勢就貿然涉水，這是未濟而強求其濟的情形。

九二：曳其輪，貞吉。——九二剛以柔用，經過審時度勢之後知道濟而無功，便不輕於進，切守本位而得「吉」，這是未濟而待時致濟的情形。
六三：未濟，征凶。——六三處在下卦坎體之終，有可濟之幾，但柔弱無力，須藉順上下的陽爻濟河，這是未濟而求師致濟的情形。
九四：貞吉，悔亡。——告誡九四堅守正道則吉而于犯錯，否則就會錯過時機而有過悔。這是指未濟而漸次功深而致濟的情形。
六五：貞吉，悔亡。君子之光，有孚吉。——六五的成功從而使上下的各爻都能出險，有如撥開烏雲見青天，柳暗花明又一村，君子之德日漸光輝，這是指未濟而能虛心致吉的情形。
上九：有孚飲酒，无咎。濡其首，有孚失是。——天下安定慶昇平，如果沈溺於酒食安樂，成功還會轉向失敗，重新陷入危難。這是指天時雖有濟，但人事亦不可廢的意思。
通觀六爻都不正，意味著未完成，陰陽各爻，完全被分隔，有衰敗跡象，也象徵變化正在醞釀中，充滿著發展的可能性，使未來產生無窮的希望，因此爻辭比既濟卦吉祥。
本卦上卦火，下卦水，火性向上燒，水往低下流，兩性背道而馳，無法交流溝通，陰爻陽爻，顛倒相反，得不到適當的位置，象徵諸事不通達、不順利，仍然需要再加強努力。

大自然日月的運行或四季的替換，都是周而復始，循環不已。因此，在成功之後又有新的開始。當成功與未成功的時際，便是關鍵時刻，要能把握中庸原則，慎謀能斷，剛柔並用，果敢力行，方能打開成功之門。

本卦陰爻陽爻雖然得不到適當位置，但卻陰陽相間，剛柔相應，只要努力不懈，假以時日，依然充滿成功希望，一分耕耘，一分收獲，機會隨時會輪轉到我們身上，我們亦隨時可創造機會，就看我們抓住這關鍵之機了。

話解易經 / 劉瀚平著. -- 初版. -- 臺北市 :
五南, 民85
冊 ; 公分
ISBN 957-11-1146-5(上經 : 平裝). -- ISBN
957-11-1147-3(下經 : 平裝)

1. 易經 - 註釋

121.12 85003667

話解易經（下經）

作　者／劉 瀚 平

出版者／五南圖書出版有限公司
地　址：台北市和平東路二段339號4樓
電　話：7055066（代表號）
傳　真：7066100
劃　撥：0106895－3
局版台業字第0598號
發行人／楊 榮 川

製　版／欣緯彩色製版有限公司
印　刷／三聖印刷事業有限公司
裝　訂／信成裝訂行

中華民國 85 年 5 月初版一刷

ISBN 957-11-1147-3

基本定價 5 元
（如有缺頁或倒裝，本公司負責換新）